Dona Guidinha do Poço

Manuel de Oliveira Paiva

Equipe DCL – Difusão Cultural do Livro

DIRETOR EDITORIAL: Raul Maia

Equipe Eureka Soluções Pedagógicas

REVISÃO DE TEXTOS: Joana Carda Soluções Editoriais

Texto em conformidade com as novas regras ortográficas do Acordo da Língua Portuguesa

Dados Internacionais de Catalogação na Publicação (CIP)
(Câmara Brasileira do Livro, SP, Brasil)

Paiva, Manuel de Oliveira, 1861-1892.
Dona Guidinha do poço / Manuel de Oliveira Paiva. -- São Paulo : DCL, 2013. -- (Clássicos literários)

ISBN 978-85-368-1628-9

1. Romance brasileiro I. Título. II. Série.

13-01034 CDD-869.93

Índices para catálogo sistemático:

1. Romances : Literatura brasileira 869.93

Impresso na Índia

Editora DCL – Difusão Cultural do Livro
(11) 3932-5222
www.editoradcl.com.br

Sumário

LIVRO QUARTO

LIVRO QUINTO

Livro primeiro

I

De primeiro havia na ribeira do Curimataú, afluente do Jaguaribe, uma fazenda chamada Poço da Moita. Situada no século passado pelo português Reginaldo Venceslau de Oliveira, passou a filhos e netos. Se não fora o desgraçado acontecimento que serve de assunto principal desta narrativa, ainda hoje estaria de pé com ferro e sinal.

À margem esquerda do impetuoso escoadouro hibernino, a casa grande amostrava-se num alto, de onde se enxergava grande distância em derredor, principalmente pela seca. Durante o inverno, a superabundância de folhagem restringia sensivelmente o campo de visão. Para leste via-se uma série de colinas que faziam o sol aparecer mais tarde. Divulgava-se para o sul, que era o lado da frente, um pico azul, o serrote de Meruanha; e para o ocaso, bem no horizonte, mais una três ou quatro dentes das serras do Batista e do Papagaio, que abriam um boqueirão ao rio Curimataú.

Poço da Moita por último passara para Margarida, a primeira neta do Reginaldo, filha do Capitão-Mor, casada com o Major Joaquim Damião de Barros, um homenzarrão alto e grosso, natural de Pernambuco –uma boa alma. Viera ao Ceará à compra de cavalos, e por cá se ficou amarrado aos amores e aos possuídos da muito conhecida Guidinha do Poço. Tinha o preto do olho amarelo, com a menina esverdeada, semelhando um tapuru.

Não seja para admirar a sequência, logo ali assim, de dois postos militares, capitão-mor e major. Mais virão. E quase tantos sejam os homens de gravata, que este acanhado verbo por aqui vá pondo de pé, quantas as patentes. Era antigo vezo. Não que militares fossem de índole, nem de prosápia: alguns o foram de crueldade. Todavia, desculpe-se-lhes a fonfança pela tendência natural que temos todos nós de nos enfileirarmos aí numa qualquer ordem, que distinga. E eles, os matutos, coitados, não sobressaíam pela profissão nem pela cultura.

Outro motivo para explicar o alto preço com que encareciam os barateados títulos, outorgados pela munificência administrativa, seria a persistência dos costumes portugueses onde tudo que descia del-rei era como se de Deus viera. A consciência republicana não se adunara ainda com aquela vida rural, em pleno ar, sob um céu ardente e oco, em uma natureza incerta, que arrasta o homem a precisar de uma Providência divina e de outra humana, e o impele noite e dia para o amor, esse ócio, em incessante desequilíbrio com as outras necessidades. Daí, numa tendência monoteísta e monárquica, Deus e o vigário, o rei e o presidente.

Margarida, isto é, a Guidinha, apesar de sua princesia, não casou tão cedo como era de supor.

Parece que primeiro quis desfrutar a vidoca. Seu pai, o segundo Venceslau, capitão-mor da vila, possuía largas fortuna em gados, terras, ouro, escravos... Fora um rico e um mandão. Aqui vai o resumo de uma relação ou nota do que se lhe achou, imperfeita e truncada como o são geralmente os inventários, mas autêntica, encontrada num alfarrábio do Padre Costinha, quase ilegível:

OURO Moedas de ouro de 20$ e de 40$ (estava apagado o algarismo). Pares de fivelas de ouro cortado, 40 oitavas (a 2$500 a oitava). Idem, pequenas, 34 oitavas. Par de fivelas grandes de liga, cortadas (não sei quantas oitavas). Grande crucifixo com cruz de caixão, 14 oitavas. Par de brincos, 5 e meia oitavas e 13 grãos. Par de brincos com aro de gancho, 5 oitavas. Par de brincos de gaiola, 7 oitavas menos 8 grãos. Duas varas e meia de cordão grosso, 14 oitavas. Três varas de cordão fino de braços, 11 oitavas. Vara e meia de cordão fino, 5 oitavas e três quartos. Dois braceletes de colar grosso de pescoço, 19 oitavas. Duas varas e meia de colar grosso de pescoço, 31 oitavas e meia. Três varas de colar fino de braço, 14 oitavas. Par de brincos de diamante, 3 e meia oitavas de ouro. Um coração de pescoço de senhora, 2 e meia oitavas. Um mais pequeno, 1 oitava. Redoma de ouro cortado, 7 oitavas. Relicário grande de dois vidros, 24 oitavas. Imagem da Conceição, vazada, com o peso de 2 oitavas e 9 grãos. Crucifixo pequeno e cortado, 2 oitavas e três quartos. Pares de botões de punho, cortados, do molde roda de Serge, 5 e meia oitavas. Mais una doze pares de ditos. Um requifife de cordão de ouro, 4 e meia oitavas. Um rosário com Cruz Angélica e Padre-Nosso, 6 oitavas. Um par de coralinas de pedra branca.

PRATA Jarro grande d'água de mãos lavrado a cinzel, 224 oitavas (a $160). Bacia, 312 oitavas. Leiteira cinzelada, 112 oitavas. Açucareiro cinzelado, 104 oitavas. Tigela de lavar, 80 oitavas. Cafeteira cinzelada, 288 oitavas. Par de castiçais lisos, 168 oitavas. Salva cinzelada, 88 oitavas. Idem, pequena, 72 oitavas. Copo de beber água cinzelado, 100 oitavas. Colher de sopa, 48 oitavas. Idem, concha lavrada, 40 oitavas. Copinho, 31 oitavas. Idem, 48 oitavas. Quatro garfos, 50 oitavas. Quatro colheres, cabos lavrados, de concha, 62 oitavas. Seis ditas lavradas, 81 oitavas. Quatro ditas de cabo liso, 56 oitavas. Nove cabos de faca lavrados de concha, 10 oitavas. Cinco ditos lavrados a cinzel, 50 oitavas. Doze ditos lavrados de zabumba, 144 oitavas. Doze colheres de cabo liso, 162 oitavas. Doze garfos, cabo liso, 155 oitavas. Dezoito colheres de chá, cabo de zabumba, 118 oitavas. Duas ditas, cabo liso, 7 oitavas. Colher de açúcar, escumadeira e uma mola, pertencentes ao aparelho de chá, 29 oitavas.

Uma ferragem pequena com estribos e aparelhos de cabeçada, 300 oitavas. Uma ferragem grande completa, 704 oitavas. Uma dita menor, 402 oitavas. Outra de 766 oitavas. Esporas pequenas, 74 oitavas. Esporas grandes de carranca e corrente, 96 oitavas. Ditas pequenas, 49 oitavas. Par de castões de coldres, 28 oitavas. Par de cernelhas de fivelas, 11 oitavas. Dito menor, 2 oitavas.

COBRE Tacho, oito libras. Bacias de cozer doces, de sangria, de dar água às mãos (latão). Almofariz (bronze). Bacia de barba (latão). Um sino.

FERRO Ferragens de carpina. Serra braçal. Uma menor. Aço em vergas. Serrotes de serrar gado. Pás. Alavancas. Machados. Machadas. Ferros de cova. Machadinhas. Espingardas, clavinas, granadeiras. Jogos de pistolas bronzeadas e correntes. Marcas de ferrar gado. Giz de gizar gado. Chocalhos. Florete dourado de ponta direita, com o talim.

BENS MÓVEIS Oratório de três vidros. Móveis de pau-amarelo, de imburana, de cedro. Cômodas. Canapés. Dois tremós com mesa de assento de pedra-mármore e pés dourados, com dois espelhos grandes de vestir. Cadeiras pintadas. Duas cadeiras grandes de sola picadas. Tábuas e rolos de cedro. Carros, cangas, malas de sola, caixões de despejo, malas de despejo, malas de pregaria, etc. Selins, selas bastardas, selas ginetas, cilhões com coldres e capeladas. Capas de (cilhão) de marroquim, etc. Fiador de canotão (de espada).

Vinte e três escravos. Vacas paridas, 1435. Novilhotas, 190. Garrotas, 277. Bezerras, 308. Bois de carro, 46. Bois de lote, 20. Novilhos pais, 20. Boiotes, 148. Novilhotes, 31. Garrotes, 490. Bezerros,

300. (Avaliados: vaca a 10$, novilhota 8$, garrota 5$, bezerra 2$500, boi de carro 16$, boi de lote 12$, novilho pai 10$, boiote 9$, novilhote 8$, garrote 5$, bezerro 2$500).

Bestas solteiras 276, a 14$. Poldretas de 2 anos, 42 a 12$. Poldrinhas, 63, a 6$. Cavalos em grão, pais de bestas, 18, a 16$. Ditos em grão, de fábricas, 32, a 18$. Cavalos capados, de fábrica, 113, a 20$. Poldrestes de dois anos, 2, a 2$. Poldrinhos, 58, a 6$. Cavalo de sela, em grão, 1, 50$. Um dito velho, 25$000.

Ovelhas, 20, a 640$. Cabras 40, a 640$.

BENS IMÓVEIS As terras das fazendas Poço da Moita, Amparo, Bom-Sucesso, Mazagão, Mulungu e Imboatá. Cinco prédios na vila. A isso tudo acrescentava-se o mais, que não costuma aparecer nessas ocasiões por um processo de eliminação conhecido de quem ficou na posse dos bens, entre o falecimento e o inventário.

Os parentes se queixavam de que o Venceslau, viúvo, criou a menina assoluta. O caso é que ela cresceu com todos os pendores naturais, uns por enfrear, outros por desenvolver. Criou-se como a vitela do pasto. A avó, mulher do primeiro Reginaldo, tão ríspida na educação dos filhos, foi de uma notável frouxidão para com a neta Guidinha. Se acontecia o pai repreender a bichinha, logo a velha reclamava, a trocar os bilros na sua almofada, levantando as cangalhas.

– Deixa a menina, Lau! Guidinha, passa praqui.

Venceslau, como todos os fazendeiros ricos, tinha uma casa na vila para arranchar ou para passar temporadas pela festa do Natal, pela do padroeiro, ou pelas eleições. Aí, na vila, passou a Guidinha, em companhia da avó, os quatro anos que gastou na escola régia, onde aprendeu a ler por cima: o catecismo, as quatro espécies de conta, e a escrever sem apuro. Saía de casa e entrava quando queria. Corregia a vila sozinha, habituada como estava aos conselhos e birras da avó, que parecia achar um certo gozo, diga-se a verdade, nas desobedienciazinhas da sua primeira neta. Quando iam moças à Fazenda do Poço em extravagâncias de juventude sertaneja, entrava a menina a saltar nas pontas dos pés, cantando que também ia... Na hora da partida, pulava a uma garupa, e lá se atirava, fazendo parte do alegre rancho com um aprumo de mulher feita. Podia o cavaleiro largar a toda a brida, que ela, segurando-o de leve pelas costas, seguia assentada no cavalo com destreza e calma de vaqueiro.

Aos dez anos, achando que já não era para andar de ancas, pois já lhe gabavam à avó que parecia uma mocinha, obrigou o pai a mandar fazer-lhe um cilhão pequeno, apropriado aos seus quadris.

Aos catorze anos, quando as nossas meninas são feitas de amor e de susto, Guidinha atravessou o impetuoso Curimataú, de margem a margem, só porque uma outra duvidou.

–Duvida? disse ela, grelando o olho.

Corou, conteve um ímpeto, e ganho o meio do rio:

– Apois lá vai!

Nadava de braça como os homens, e não como as mulheres, que trabalham com as mãos por debaixo d'água, pelo instinto de pejo, e vão assim batendo os pés à tona.

O pai tinha desgosto de que ela não fosse macho.

Casou Margarida, finalmente, aos 22 anos, já morto o velho Venceslau. Naquela sertão havia por esse tempo muita abastança, por modo que um grande pecúlio não era lá nenhum desses engodos. Os mancebos, que frequentavam a casa, frequentavam-na sem dúvida por causa da moça, por via de ser ela muito de liberalidades, muito amiga de agradar, não poupando nem mesmo as pequenas carícias que uma donzela senhora de si pode conceder sem prejuízo da sua física inteireza. Aconteceu a uns dois se lhe apegarem de rijo, porém as respectivas famílias, com a imposão que então os pais ainda abocanhavam, os desviaram; um deles, até à força bruta, quase amarrado, foi recambiado para Olinda, onde se ordenou.

Todavia, contando-se este caso ao Rev. Visitador, que nesse tempo era o cura de Russas do Jaguaribe, balançou a cabeça em ar de motejo e de antigo entendedor de mulheres e de namoros:

– Feiosa, baixa, entroncada, carrancuda ao menor enfado, disse ele, não admito que homem algum se apaixone pela filha do Capitão-Mor, salvo se não é aquela que eu tenho visto no Poço da Moita, onde cheguei a passar mais de uma semana com as febres. Vão ver que ela usou de feitiçaria... Ora se não é isso! Vão ver.

– O Rev. Visitador ainda credita em urucubacas?

– Se creio! O Inimigo do gênero humano não dorme. E mulheres? Mulheres! mulheres! A nossa mãe Eva que não me deixe mentir.

Em todo caso, razão tivesse ou não o sacerdote, é certo que o começo do tirano amor é sempre de umas exterioridadezinhas, pontinhas de dotes profundos, que, em faltando, a mulher parece antes um homem, ou antes um animal sem sexo. Margarida era muitíssimo do seu sexo, mas das que são pouco femininas, pouco mulheres, pouco damas, e muito fêmeas. Mas aquilo tinha artes do Capiroto. Transfigurava-se ao vibrar de não sei que diacho de molas.

Esposando ao Major Joaquim Damião de Barros, uns dezesseis anos mais avançado que ela na idade, passou a chamar-se Margarida Reginaldo de Oliveira Barros. Se, recebendo o nome do marido, ela fez tudo o mais que ordena a Santa Madre Igreja, a Deus pertence.

II

Estava-se em fevereiro, e nem um pingo de água. O poço da Catingueira, o mais onça da ribeira de Banabuiú, que em 1825 não pôde esturricar, sumia-se quase na rocha, entre as enormes oiticicas, de um lado, e do outro o saibro do rio. Era um trabalhão para os pobres vaqueiros: aqui, alevantar uma rês caída; ali, fazer sentinela nas aguadas a fim de proteger o gado amofinado contra a crueldade do mais forte; e, todos os dias que dava Nosso Senhor, cortar rama. E ainda tinham de percorrer constantemente as veredas e batidas para acudir prontamente à rês inanida de fome e sede, perseguir os porcos que algum desalmado vizinho teimava em criar, persegui-los a bala, porque o torpe cabeça-baixa impestava os bebedouros.

Era preciso o vaqueiro da Guidinha tornar-se ubíquo, para o que ocupava os seus filhos e alguns escravos do amo. O boi com a vista do homem parecia reanimar como se tivera consciência de que ambos padeciam sob a indiferença do mesmo céu.

E estão, só ali, no espaço de três léguas, cinco fazendas. Ajuntem a isto as retiradas, que procedem do sertão do Canindé, do Quixadá, e de tantos outros, e vejam se é possível em tão pouca terra, com tão pouca rama e pouca água, ter o bastante para tanta boca.

Além da sequidão, o mal, desenvolvido na bebida infeccionada pelos amaldiçoados paquidermes e pelo contágio doentio da rês viajada. Só o Major Quinquim Damião do Poço da Moita perdera, até ali, cinquenta vacas amojadas, isso apesar dos vaqueiros passarem todo o dia a tratar do gado. Quanto mais não perdiam os outros que não se apuravam tanto?

Fizeram-se todos os remédios para chover. O vigário da freguesia, cuja sede ficava a três léguas e um quarto, além das preces que a Santa Madre Igreja aconselha, consentiu que o povo, em procissão, mudasse a imagem de Santo Antônio da matriz para a capela de Nossa Senhora do Rosário, que era o melhor jeito a dar para Deus Nosso Senhor ensopar a terra com água do céu. Todavia, apesar de as seis pedrinhas de sal, da noite de Santa Luzia, 13 de dezembro, terem marcado inverno para fevereiro, o dito céu permanecia implacável.

Entrou março, novenas de São José.

O calor subira despropositadamente. A roupa vinha da lavadeira grudada do sabão. A gente bebia água de todas as cores; era antes uma mistura de não sei que sais ou não sei de quê. O vento era quente como a rocha nua dos serrotes. A paisagem tinha um aspecto de pêlo de leão, no confuso da galharia despida e empoeirada, a perder de vista sobre as ondulações ásperas de um chão negro de detritos vegetais tostados pela morte e pelo ardor da atmosfera. As serras levantavam-se abruptamente, sem as doces transições dos contrafortes afofados de verdura.

Serrotas pareciam umas cabeças de negro peladas de caspa. Ao meio-dia a cigarra vinha aumentar a impressão ardente. Os bandos de periquitos e maracanãs atravessavam o ar, em busca do verde, espalhando uma gritaria desoladora, sem um acento de úmida harmonia, sem uma doce combinação melódica, no ritmo seco, árido, torrefeiro, de golpes de matraca. O viajante, ao caminhar por algum souto de angicos e paus-d'arco, sem uma folha, penetrava instintivamente com o olhar por entre os troncos e garranchos com uma sede, já não de água, mas de uma notazinha vibrada por goela de pássaro cantor. Lá uma rolinha, lá um quenquém apenas piando.

O pobre emigrava como as aves, que vivem ambos do suor do dia. Eram pelas estradas e pelos ranchos aquelas romarias, cargas de meninos, um pai com o filho às costas, mães com os pequenos a ganirem no bico dos peitos chucados – tudo pó, tudo boca sumida e olhos grelados, fala tênue, e de vez em quando a cabra, a derradeira cabra do rebanho, puxada pela corda, a berrar pelos cabritos.

Margarida era extremamente generosa para os retirantes que passavam pela sua fazenda. O que lhes pedia era que não ficassem; dava-lhes com que se fossem caminho fora a procurar salvação nas praias, que era só para onde a Rainha olhava. Tinha duas escravas incumbidas unicamente de servi-los, já a dar leite cozido às criancinhas, já a passar na água alguns molambos que as pobres mães não tinham força para lavar, agora a armar-lhes redes no telheiro da casa de farinha, agora a fornecer-lhes carne-seca, farinha e rapadura.

Mas que se fossem pelo amor de Deus! Bem sabia ela que dois dias depois o retirante se tornava agregado. E agregado para quê?

Em vindo o inverno, arribavam todos para os seus sertões, e adeus minhas encomendas. Além disso, gente de toda a parte, até do Rio Grande do Norte e Paraíba, e quem sabe quantos assassinos?

O marido levava a mal aquela prodigalidade caritativa, mas lho fez ver em muitos bons termos, com umas delicadezas de quem quer bem.

Margarida calou-se; e continuou, na expansão natural de uma vontade sua. Até, pelo contrário, parecia tornar-se mais mãos abertas para com os famintos. Terceira admoestação do marido. Então ela voltou-se-lhe friamente:

– Eu dou do que é meu.

– E agora, Senhor Quinquim, que responder-lhe?–murmurou consigo o major. Ela dá do que é seu! Dá do que é seu!

Era a primeira vez que a mulher lhe falava com menos respeito. Se arrependimento salvara... Mas para que a provocou? Para que a atacou de frente? Bem lhe conhecia a índole. Margarida era como um palácio cuja fachada principal desse para um abismo. Só havia penetrar-lhe pela insídia, pelas portas travessas.

O homem quando a desposara possuía apenas alguns vinténs de seu. Reconhecia que para viver com a mulher precisava de ter uma certa habilidade, faculdade essa que lhe era porém inacessível. Amara à Margarida em demasia, creio, e o vigor nervudo e musculento da herdeira do marinheiro Reginaldo Venceslau era como um moirão a que o Senhor Quinquim se deixara gostosamente sujigar.

III

Entre os retirantes passou um da Serra do Martins, Rio Grande do Norte, com a mulher, seis filhos e dois cunhados, cada um destes com quatro filhos e mulher. Tipo acabralhado, alto, corpulento, de topete caído sobre a testa como crista de peru. Já vinha muito roto o seu chapéu de couro. A camisa e a ceroula já não tinham mais cor.

Ao cair da tarde, arranchado ele com a sua gente em uma casa abandonada, ao pé do alto, perto da trempe de pedras onde fervia o feijão com arroz, recortava de uns tampos de couro cru umas palmilhas para as alpercatas; pois, coitado, as suas estavam roídas e sem correias.

A apregata, aos sertanejos, lhes é tão indispensável como o cachimbo e a faca no quarto.

Olha ela para a catinga, e vê dois cavaleiros apontarem no vaquejador. É raro ao sertanejo deixar de notar as pessoas que topa no caminho, o gado que vê pastando, e por aí além, com presteza e precisão.

Lembra o mareante, no seu deserto de águas, a quem igualmente não escapa o menor batel que pinte ao alcance de seus olhos nus.

Firmou a vista:

– Um empanado e um encourado, disse.

De feito, aproximados, reconheceu um homem gordo, com um chapéu de manilha, vestindo brim pardo, botas vermelhas, cavalgando um bom cavalo de sela cardão rodado; e, em seguida, um pajem, mulato novo, ainda moleque, de roupa de couro e amplo matulão na garupa.

Os cavaleiros subiram o alto, foram apear na porta da fazenda. Aí o pajem desencilhou os animais, entregou lanudo matulão de pele de carneiro a uma crioula, despiu a véstia e as perneiras, recolheu os arreios a um quarto contíguo à habitação e saiu puxando o burro e o cavalo, caminho ao rio.

Neste comenos a mulher do rio-grandense chegava-se para este, que voltara a lapear o couro molhado, sentado num pedaço de rochedo que abrolhava fora da terra:

– Toinho, aquele é o Seu Damião.

– Que Damião, mulher?

– O Damião da Imbiratanha, filho da velha Luzia do Quinquim, da cidade de Sousa, que fez uma viagem com você para o Uricuri...

O marido, ligando ideias:

– Ai, home! Apois querem vê que ele é mesmo, minha gente! E nem me conheceu!

– Pois ele havera de lhe reconhecer assim como nós estamos? Vai lá, Toinho, pode ser que até ele nos deixe ficá aqui nas terras dele, inquanto não chove.

– Eu, não, mulher. Não vou me apresentá aos homes assim nesta miséria desgraçada.

– Que é isso? E como nos havemos de arranjá?

– Assim nofragado não me apresento a conhecido, só não sabendo quem é.

– Tu não vai mesmo, não, Toinho?

– Com meus pés não vou não, mulher.

Fez lua nessa noite.

Carolina, que era o nome da retirante, subiu ao alto por junto ao cercado, atravessou o vasto pátio da fazenda, e foi-se chegando para a habitação dos donos. O Quinquim mandara armar rede no alpendre, e aí estava deitado, silencioso, pitando fumo a olhar para o campo suavemente iluminado. Carolina deu-lhe boa-noite, e ficou calada. Depois de um pedaço:

–Vosmicê não é o Seu Damião?

Este, que não era conhecido pelo seu nome senão em Pernambuco e Paraíba, àquela pergunta em que a audácia da mulher pôs um artifício, moveu-se maquinalmente, depondo o cachimbo:

– Sou, sim. Que quer?

– Apois nós somos do Rio Grande... Mas porém... conheço vosmicê desde quando passou lá por casa com meu marido...

– Quem é seu marido? Disse vagarosamente o fazendeiro.

– É o Toinho Silveira.

– O Antônio Silveira? O meu velho arrieiro? Tocava muito bem viola, ninguém encilhava tão bem um cavalo. Que é dele?

– Já largou essa vadiação de viola, anda muito por baixo...

– Ele veio com você?

– Nós estamos no pé do alto, numa casa véia. Penso que Sia Dona mandou nós prá lá...

O fazendeiro, no tédio em que ia mergulhando o seu lar pelas incompatibilidades de natureza, que o tempo já não podia conter, sentia-se tomado por uma saudade da sua província, do seu passado pobre, que agora surdia com um sabor de sonho. Tomou os chinelos de vaqueta, tirou de um torno o chapéu de couro, enfiou a faca no cós, por hábito, e seguiu a rio-grandense.

Aquela família, que tivera o seu gadinho, as suas bestinhas, e hoje a correr mundo com o lar às costas, como ciganos, lhe reaparecia, porém, com as correções de personagens de contos vazados pelo buril da frase meditada. A sua primeira ideia foi convidá-los para permanecerem no Poço da Moita até quando quisessem. Era isto um sentimento de tributo que entendia prestar à sua província, conquanto os retirantes não fossem pernambucanos. E o fez.

No dia seguinte, olha lá implicâncias da Margarida! Mas os senhores do Poço da Moita não batiam boca em suas terras.

A senhora manifestava-se por atos, por gestos, e sobretudo por um certo silêncio, que amargava, que esfolava. Porém desmoralizar escancaradamente ao marido, não era com ela. Disse-lhe apenas:

– Vossa Senhoria quererá construir aqui uma cidade com gente da sua terra?

– Oh, Guidinha! Aquilo são gentes muito boas, o Antônio e a mulher. Aposto que em oito dias ficará mais amiga deles do que mesmo eu.

– É. Mas eu obro mal em socorrer aos retirantes! – e calou-se, aguentando a dentada. Na verdade, ainda na véspera ele havia incriminado de excessiva a liberalidade para com uma canalha ruim como eram aqueles pés de poeira!

Antes de reentrar no seu duro silêncio, Margarida ainda mordeu ao gordão do marido:

– A Guidinha só protege a cabra ruim!

As negras receberam ordem para meter no serviço a gente do tal compadre Silveira: as cunhadas, ao fuso; os cunhados, ao campo, tratar do gado com os vaqueiros; a mulher e as irmãs, que se ocupassem da ninhada. Margarida não tivera filhos, e como os desejasse com a força de suas vontades, tratava sempre bem aos pequenitos e às mães que estavam criando. Não era isso uma sentimentalidade cristã, uma ternura, era o egoísta e cru instinto da maternidade, obrando por simpatia carnal. Quanto ao pai do lote (referia-se ao Antônio), esse que fosse ajudar ao vaqueiro das bestas.

Ordens dadas, o Quinquim referendava. Cada um moralizava o outro, para moralizar-se a si.

Mas em pouco tempo tornou-se aquela implicância da senhora em aberta proteção aos Silveiras, cuja boa conduta a chamara ao rego, paulatinamente.

***

Era o mês de março, passado um ano. Por sobre a casimira verde das beldroegas polvilhavam-se constelações deslumbrantes de mica, ao sol nascente. No pé do alto, a erva afogava o velame ressequido pelo tremendo verão de dois anos, em acolchoamentos de lã; o sol, a sair por detrás das colinas, produzia sombras no íntimo da infinita camada de frondes vivíssimas, que encobria a terra, com uma soberbia e uma vitória. Os picos amanheciam logo enfronhados em um colarinho de névoas. A pastagem era uma imensa pelúcia. Formigas de asa, com cambiações de madrepérola, à luz baça dos alvos dias de neblina, salpicavam a mancha fulva e remexida dos formigueiros revolucionados pelas águas novas. E o gaitar dos novilhos como que a imprimir por tudo um impulso másculo. A rês não andava agora de ponta caída, mas com um balanceado de cabeça, um donaire de mulher núbil. Aos currais, onde desde o último dia de junho a bem dizer não corriam os paus de porteira pelos buracos dos moirões, recolhiam todas as tardes as vacas a impar de abastança.

No dia 26 de março pôs-se à mesa o primeiro queijo. Em janeiro, havia dado uma chuvinhas, fugaz esperança, que não deram para segurar o pasto. E a babuge – foi arrebentar e logo sumir-se outra vez na casca estorricada dos galhos nus. Acordara, e de novo adormecera a natureza. Agora, porém, era mesmo um despertar buliçoso de criança com saúde.

Era domingo aquele dia 26. Quinquim, ao quebrar das barras, montara a cavalo para ir à vila, ouvir a sua missa. Levava um crioulo com umas cargas de malas, para fazer a feira: precisava de alguns gêneros mais vasqueiros para sortir a despensa. Nos outros anos quase não era necessário ir-se comprá-los ao povoado, porque pela estrada passava de um tudo; mas naquele, o trânsito havia já diminuído por causa da falta de pasto e de cavalgaduras, e pelo pouco que aparecia, que ressurgia, pediam um preço de esfolar, embora o matuto fosse vender o mesmo gênero mais barato na primeira feira onde arriasse o comboio.

Margarida erguera-se também cedo para tornar o dia longo, no gozo do inverno, como se o berrar das vacas no curral fosse para ela uma novidade, como se o perfume do mato verde pela primeira vez lhe acordasse os desejos. Tocou ainda com escuro ao banho no rio, que já estava baixando. Ao voltar tomou o café, e seguiu para ver tirar-se o leite.

Não parecia contar já os seus trinta e cinco anos de idade. Os cabelos, tinha--os de um castanho encrespado, e a pele lisa, e uma destra facilidade de movimentos, com umas risadas que pareciam ecoar pelos serrotes peludos de frondagem. Segundo o uso do tempo, ia de saia e cabeção; o ar morno da manhã de inverno circundava-lhe o colo e braços nus; e trazia ao pescoço enfiado um rosário de ouro. Sem meias, calçava em casa os seus chinelos de bezerro nonato, com debruns vermelhos; mas para o campo usava tamancos com rosto de pano grosso.

Subiu pelos paus da porteira, endiabrada que sempre foi, como por escada de pedreiro, e foi sentar-se em cima, no grosso pranchão que liga os moirões à guisa de padieira de porta. Belo panorama! O lado para onde ficava o rio distinguia-se por uma faixa verde-negra, que principiava e acabava com o horizonte. Daí, via-se de quando em quando passar um branco voo de garças. O mato encobria tudo, a vedar como que os pudores da terra fecundada. Lá, em um ponto, um rochedo alvejado pela umidade, ao sol, abria uma clareira. Acolá ficava tal serra, ali tais campos. Em tal parte estava chovendo...

Onde estava o novilho rajado, o Muniz? A vaca Peito Duro não veio ao curral?

– Inhora, não. Mó de que esta noite uvi o novio gaitá pra Lagoa? Respondia o vaqueiro, falando muito alto, como eles costumam.

Uma crioula adiantava-se agora do meio das vacas, e apresentava à senhora uma cuia de leite espumoso.

– Eu quero é capucho, Luísa.

E gritou:

– Compadre, despeje esta cuia no pote, e me mande um capucho!

Dizendo isto, foi voltando novamente o olhar para o pátio. Dando com um cavaleiro, que se aproximava, acrescentou à surdina:

– Ó compadre, quem é aquele que vem ali?

O vaqueiro pôs-se nas pontas dos pés:

– Não sei, Inhora, não... Mas mode coisa que é gente de Pernambuco?

Margarida, que a princípio julgava ser algum conhecido, ficou contrariada. Era tarde para descer da porteira, porque o homem, tendo vindo pelo canto do cercado, aparecera de supetão.

Diante dos vaqueiros e dos escravos, Guida não fazia cerimônias; mas, vendo encaminhar-se um cavaleiro de certa ordem, ficou sobremodo acanhada. E não podendo descer, que ele já estava, a bem dizer, a dois passos, nem ficar, que era impróprio, teve logo um sentimento de revolta contra quem quer que fosse o homem que assim a colocava em situação difícil.

– Deus dê bom-dia... balbuciou o desconhecido.

– Bom-dia, murmurou ela com uma cara não sei de quê, passando ao mesmo tempo um rápido olhar analisador no tipo, no seu arrieiro e nas três cargas que o acompanhavam. Havia de ser pessoa de categoria... Algum moço que ia tomar ares... Mas a sua aparência... e com três cargas de baús...

– A Senhora tenha a bondade de desculpar-me... Titubeou o mancebo, reparando no rosário de ouro. – Com certeza não era senão alguma rica e extravagante fazendeira, pensava, das não muito raras no Ceará, alguma Feitosa... Ai não embirrasse com ele! E o marido mandaria ali mesmo tirar-lhe o couro!

– Esta fazenda, minha Senhora, pertencerá por acaso...

– Vosmicê faça o favor de seguir ali até a casa, que lá lhe responderão tudo, atalhou a Senhora, achando felizmente um meio polido de afastar aquela presença importuna.

–Luísa, acompanhe este moço.

O viajante fez uma reverência, tirando o chapéu e tocou para lá.

– Compadre – virou-se ela para o vaqueiro, quando o moço se afastou,– vá lá, e veja o que ele quer: mande apear, sirva do que for preciso, que parece até ser pessoa de civilidade...

Aproveitando o ensejo de dar-lhe as costas o cavaleiro, ela desceu apressadamente, fez uma grande volta, por um velho chiqueiro de criação, a fim de recolher-se pela cozinha. E não tomou a cuia de espuma de leite.

IV

A Guida foi para um quarto de depósito, onde havia trastes velhos, malas, baús e, dependurados, vários cilhões finos e selins de montaria de senhora. Entrou a revistar um destes, que no dia anterior voltara de um empréstimo. Ouvia mais ou menos bem o que se passava lá fora entre o vaqueiro e o viajante. Este pedia que lhe arranjasse um bocadinho de leite, que estava seco de vontade; por assim dizer, não tocara nisso naquele ano.

– Vossa Mercê não se ofenda, mas primita que lhe diga, meu amigo, que leite se vende é do Batrité pra baixo, respondeu o vaqueiro. Néu, vai vê ua cuia de leite pra este moço... Vosmecê se apeie: o patrão está na vila, mais a Dona me aturizou a ofrecê rancho a Vossa Mercê.

– Muito obrigado! disse o moço, pondo o pé no barro. E virando-se para o cargueiro:

– Seu Joaquim, vá seguindo, que eu já lhe pego. Antes de você alcançar a vila, estou-lhe nos mocotós.

– Ainda faltam as outras cargas.

– Olhe que é três léguas grandes, obtemperou o vaqueiro. Seus burros a onça está come não come.

O cargueiro, com prosápia:

– Não tenha medo disso, amigo. Estes mesmos não cansam já não, mas é o mesmo. Joaquim Moreno não é esta a premera vez que anda de viagem com esta nação de bicho, graças a Deus.

– Vá caçoando, vá fazendo pouco em burro, pacholou o vaqueiro.

– Vêm bem milhados, concluiu o Secundino.

– E as outras cargas? perguntou o arrieiro.

– Vá seguindo, eu fico esperando por elas.

O comboieiro, estalando o chiqueirador, falou aos animais, e palmilhou pelo caminho abaixo.

– Té outra vista, senhor.

– Seja feliz, correspondeu o vaqueiro.

Vinha o Néu com o leite; e o pai, entregando a cuia ao moço, reparando bem no seu todo e maneiras:

– Que mal prigunto, mó de que Vosmicê é negociante vendedor de fazenda e miudeza?

– Pergunta bem, ando mascateando por estes mundos. Desembarquei no Aracati...

Depois de uma pausa, pasmando, continuou o campônio:

– Corage munta! É corage, meu sinhozinho!

– Como assim?

– E apois? S'interrá por estes mundo de seca com cargas de negoço, não era eu, não... Como é a graça de Vossa Mercê?...

– Luís Secundino de Sousa Barros, um seu criado.

– Criado seja de Deus. Mas... como é o derradeiro nome?

– Barros, um seu criado.

– De Pernambuco?

– Da Mata.

– Gentes! Será parente de Seu Major? A mó de que inté nas feição dá uns ares! Quem sabe se não será?

– Como se chama ele?

– Joaquim Damião de Barros.

– Bateu! É meu tio. Pode pedir alvíssaras que atrás dele é que eu andava. Os parentes por lá há muito que não recebem cartas dele, e eu ia à vila, supondo que lá é que ele morasse.

– Abasta. Se arranche logo, que ali ó pôr do sol ele risca aqui no terrero!

O Secundino tomou o fôlego de satisfação. Que felicidade! Deus o protegia decerto.

Para ir perdendo a cerimônia, sem que o convidassem, foi sentar-se numa rede que ali estava armado, no alpendre. E entrou a bater com o chicote no cano da bota enlameada.

Entrementes, uma voz fanhosa e compassada, mastigada por gengivas sem dentes, pronunciou lá de dentro das camarinhas:

– Seu Antônio? Não deixe o moço ir-s'imbora! Faça ele se arranchar.

– Está ouvindo, seu moço? Eu vou fazer voltar as cargas pra trás. Foi Deus eu priguntá pelo seu nome! E fale da crisidade de muié... Néu, vai, manda voltar aquelas cargas. Vão subindo o tombador... Anda, home!

– Mas eu queria era ir logo ter à vila. O meu tio não está lá? – paleou o mercador.

– Tenha paciência. Ó dispois, primita que lhe diga, que é asneira vosmicê ir assim, batendo c'a cabeça pelas pedra, como lá diz... – Anda com isso, home! interrompeu-se, gritando para o filho. Vai, manda logo voltar essas cargas! – E de novo para o moço: Vosmicê fica, Seu Majó vem logo, é milhor, e mesmo assim mandam lá de dentro.

– E quem é aquela que falou?

– É Seá Dona Anginha, tia-avó da sua tia Dona Guida.

– Minha tia? A senhora de meu tio? Aquela que encontrei no curral?

– Inhor, sim, é Seá Dona Guidinha...

Como para recompensar a boa vontade com que o velho vaqueiro , que viu logo ser o mor da casa, lhe respondia, o Secundino fazia-se verboso, inquiria, comentava, dizia graças, tomava liberdades:

– Pois tenho uma tia de se lhe tirar o chapéu, meu amigo. Olha que o velho teve bom gosto!

E, como este, eram galanteios e otimismo para toda parte, a achar tudo muito bom e muito belo.

– Onde dormiu Vossa Mercê esta noite, seu... como é?

– Secundino, um seu criado.

– Criado seja de Maria Santíssima. Dormiu no Timbó?

– Não. Aqui cerca de meia légua. Onde tem uma cega...

– Ah, então foi na Goiabeira. Por lá é tudo gente agregada desta casa. Mais não lhe disseram que aqui era a fazenda do meu compadre?

– Eles por lá me falaram em Seá Guidinha... Eu não podia adivinhar, já mais quando supunha que as terras de um tio ficassem para o rio Quixeramobim.

– Istá bom, perfeitamente, ele tem também terra na rebera do Quixeramobim, mas só pra solta. De vacas, tem lá uas vaquinha numa fazendola.

O rapaz corria o olho pela fazenda, na qual já lhe ia parecendo ter parte. Muito gado, em vista da falada crise. Os matos, é verdade, ainda ressentidos da sequidão. Devia fazer ali um calorão de rachar. Um cercado imenso a perder de vista, com uma verdadeira mata de pau-branco e sabiá, naturalmente para boiadas. Rio perto. Um numeroso lote de bestas atravessando uma vargem distante. Atmosfera agradabilíssima, um vago encantamento naquela natureza silenciosa e iluminada.

E, dando corda ao pessimismo conformado do matuto cearense escaramentado, ele, pernambucano, sentia-se confuso pisando em aquelas regiões sertanejas, que pareciam palpitar d um sentimento e de uma alma.

O matuto respondia-lhe que, ele visse, tudo ainda estava uma lástima. Estava vendo naquela baixa aquele tijuco preto? Pois era uma lagoa que em 25 não secou.

– Mas podia ter sido, daí, aterrada a pouco e pouco, no correr do tempo, objetava o outro.

– Qual, meu branco honrado! Quando Deus Nosso Sinhô não qué... Isso é como a morte, que sempre tem uma desculpa prá roubá um pobre pai de famia.

Secundino olhava pela janela para o interior da casa, tendo ouvido a fala da senhora que encontrara na porteira do curral.

Com pouco a escrava Luísa, atravessando a sala, conduzia em uma bandeja um serviço de café para uma pessoa, desceu para o alpendre e parou diante dele.

– Senhora disse que não reparasse.

Que ele não reparasse? Ora esta! Dissesse à sua tia que ela é que não devia reparar na gula com que ele ia meter-se naquela opíparo café com pão de ló.

Pegava na xícara de porcelana, e no bule de prata. Vinha leite fervido em um boião. Não eram peças de um aparelho, e sim desencontradas, cada qual mais valiosa e rara, desses objetos que são como certas quadras de pé de viola, pequeninas preciosidades, que no sertão passam de avós a netos, ficando fora do uso mundano.

O Secundino serviu-se à farta como quem vinha negro por um decomerzinho delicado, com o paladar cansado dos fervidos de comboieiro.

Lambeu os beiços. Depositou a xícara na bandeja com uma pilhéria para a escrava, que via logo ser de estimação; e, puxando por charutos, oferecia ao vaqueiro. Este, aceitando, esmagou o seu na palma da mão e embuchou no cachimbo.

– Traga um foguinho, comade Luísa. Mais porém, senhô moço, eu cuma nunca me meti nestas função de negociá, não juro pelo que digo, mais eu acho que o tempo tá munto ruim pra esse mister no sertão. Lá vem o Néu cas carga, felizmente. Agora Vossa Mercê daqui a pouco vai para o seu quarto... É aquele ali. Ali é que se arrancham aqui essas gentes cuma Vossa Mercê que passam por aqui...

O Secundino, sem escutar ao outro, lançava um olhar para aquelas cercanias silentes, acordadas apenas pelo grito de uma ave, pelo berro de uma rês. Pousado o corpo, alegrado o espírito pela descoberta do tio ricaço, respirava agora todo o pitoresco daqueles sertões, na sua muda solenidade.

Passava no ar a alacridade de um bando de periquitos.

O tropel dos burros galgava o pátio.

Ao mesmo tempo, chegavam os que tinham ficado atrás, tangidos por dois escravos.

Postas as cargas abaixo, a Luísa apareceu lá numa porta aberta sobre o alpendre, e veio dizer que naquele quarto ali estava rede, água, e o mais para descansar.

O vaqueiro acompanhou-o e lhe puxou as botas; e, despedindo-se para ir para o campo, lhe fez ver que não se pusesse com cerimônias, que o que quisesse pedisse, que podia estar certo de que estava em sua casa, que a Seá Dona Guidinha não era de meias medidas.

V

O hóspede achava-se realmente bem aboletado. Mesa, bacia de rosto com uma toalha, chinelos. O ar é que não tinha por onde arfar senão pelo telhado, visto como as paredes subiam até às telhas, e as duas portas interiores, uma para cada lado, parece que há tempos não se abriam. Como diabo se explicava aquilo de elevarem as paredes divisórias ao teto, em clima tórrido? pensava o praciano. No mais, com muitos armadores, bem caiadas, com a sua barra de cor sarapintada de verde e encarnado.

Precisou abrir uma das malas para mudar os chinelos, porque os que ali havia, de trança portuguesa, eram quentes, e também para meter-se no seu paletó e calça de brim, mudar camisa, etc. Arredou a mala preta e de pregaria para o meio da casa, meteu a chave e abriu. Não encontrava mais camisa limpa. Era preciso ir à outra mala. Feito o mesmo, foi remexendo. Ainda não havia tocado naquela. Estava tudo direitinho como lhe saíra de casa, o espaço aproveitado com usura, a roupa leve por cima, a pesada embaixo, as meias pra um canto, as gravatas, os botões, os alfinetes, os frasquinhos de cheiro, de amoníaco, os remediozinhos previdentes. Plantava ele agora ali a desordem, alterando, machucando. Quanto capricho, quanto amor subia dali! Mãos de mãe, que desprezara por causa do padrasto! De esposa, bem de que ele não gozara ainda! As que arrumaram aquela roupa, os cuidados ali acumulados uns sobre outros, as saudades, eram não menos caras, de irmã. E patética e suave surgia daquela mala a alma da família, que ele não julgava querer tanto, dentre tudo persistindo a lembrança dos amores que por lá deixara. Ah, destino! Mas não havia jeito senão ter partido de Goianinha. Vira-se forçado. Apontado como cúmplice no assassinato do padrasto, os tios, irmão deste, estavam vendo a hora em que o levavam pelo cós, visto no processo a coisa ir-se complicando. E o Silveira? O Silveira é que sabia bem que ele não fora mandante do assassinato. Verdade seja que se achava bastante intrigado com o padrasto e tio por causa de Martinha, e que não entristeceria com a morte deste, de que resultaria até uma boa herança para sua mãe; levar, porém, isso até o desejo do homicídio, não, não era para ele, Secundino. Viajara com o Silveira do Recife para Goianinha no dia em que foi cometido o crime no Mossoró. O Silveira seria uma testemunha excelente a seu favor. Sabia perfeitamente de todas as suas passadas, naquele tempo...

Dispôs-se a mudar de roupa. Entretanto, veio-lhe o apetite para o banho. O rio era perto, via-se pelo verde negro das árvores. Pôs a toalha ao ombro, tomou o chapéu e saiu. Ninguém na frente da casa onde o sol, batendo de lado, enesgava pelo alpendre uma claridade quente e aluarada. O dia doía na vista. O caminho, calcado no limpo do pátio, ia por entre o estrelar aqui e aqui das malacachetas do pedregulho penetrar no bamburral. Ao pé das primeiras árvores do longo bosque adjacente ao percurso do rio, aninhava-se uma casa de palha, com a sua cumieira aguda e o seu terreiro bem varrido. Secundino adiantava-se para lá. Um homem, que chegara à porta, parecia atentar para ele. Com pouca demora, aparecia também uma mulher, do interior, como que a chamado do homem. Depois, mais um rapaz. Notando que reparavam para ele, Secundino vai observando-os, por sua vez.

Mais perto, o homem se lhe encaminha, fazendo sombra nos olhos com a mão, e, no que reconhece o moço, exclama para a mulher:

– É ele! É o Secundino mesmo, Calu!

Secundino pára, e é cercado por toda a casta do velho camarada Silveira:

– O Silveira?! A Carolina?! Só por Deus, minha gente! Por que não me pediram as alvíssaras?

Alvíssaras deviam pedir a eles – explodia a Carolina. E o Seu Secundino mó de que estava mais magro? e como ficaram as gentes de Goianinha? Que andava fazendo por aquelas alturas?... Eles tinham batido por ali atirados pela seca. Seu Majó já sabia da vinda? Quando ele soubesse!... A Seá Dona Guida era uma fulô. Qui pessoa de bem! Qui coração aberto! Por ali, a bem dizê, ninguém era pobre tando junto dela...

Depois, o Silveira entrou a explicar ao Secundino a sua situação.

A conversa era de vez em quando mais desenvolvida pelos apartes da mulher. Sentaram-se nuns paus, debaixo de uma ingazeira, ao canto da casa. Desde que deixara em Goianinha, metera-se para o Rio Grande do Norte, adonde possuía os seus bichinhos, na Serra do Martins. Com o auxílio de Deus ia vivendo. Mais porém quem nasceu pra derréis não chega a vintém. Se o pai, que Deus tivesse no reino do céu, não tivesse vindido o sítio mode intrigas de partido, ó dispois da eleição do senador Cavalcante, entonce a coisa era outra. Mais o velho pega, e se hai de compô as coisas cos adversaro, que ele bem que lhe dixe qui cum política ninguém bota panela no fogo, que por adonde entre um sai dois, mais tarde ou mais cedo...

– Mas então o Silveira velho foi por isso que passou-se para Mossoró? Cortava o Secundino.

– E apois não foi? Mode non corrê sangue.

– Liquidou o sítio por pouco mais de um nada...

– Queimou, menino, que foi uma desgraça! Tinha enjeitado cinco contos de réis pela propriedade, e vai senão quando papocou por dois! Pagou o que devia lá, e largou-se com todo o rancho pra Mossoró, fez todo esse negoço sem dar satisfação a nenhum dos filhos...

Hoje em dia o sítio ia em bom andamento, e os filhos dos antigos senhorios trabalhando nele a jornal!

Viera a seca. No premero ano três vez se plantou três vez a lagarta comeu tudo; mas, pela graça de Deus, sempre houve uma ramazinha pros bicho. No segundo, nem quage pasto, legume nem pra meizinha. Que havia de fazê? Bateu pé pelo oco deste mundo, ca muié e os fio, e com quem quisesse mais lhe acompanhá. Ai menino! ele não lhe podia contá todo o sucedido, avexames e agonia, de que não queria se lembrar mais. Padecimento passado é logo esquecido... Chegara enfim ao Poço da Moita, adonde encontrou cristão de Deus.

– E quando o inverno segurou, depois de você estar aqui arranchado, você não teve vontade de voltar?–perguntou o outro. A gente na sua terra sempre está no que é seu.

– Vontade, munta. Quando as chuvas pegárum direito, a impreensão dos arretirante era só voltar pra trás.

Os que estavam ainda em marcha, como uns que ele ouvira ali, desejavam ter morrido antes nas suas terras do que se ter atirado assim pelos caminhos, comendo, e quando comiam! o pão que o diabo amassou. Casas como a de Seá Dona Guidinha topavam lá uma vez na vida. E acrescentava:

– Pela seca, antes ser-se bicho do campo do que cristão batizado, meu Sinhozinho! Arre! o que estes olhos viram!

O boi e o cavalo tinham quem os pensasse. Homem com homem, retirante com habitante, eram pior do que na história da cigarra que foi bater na porta da formiga. E exclamava, agitando a mão em um ímpeto nervoso:

– Ó menos se subessem lê!

Porém a esse respeito eram de uma ignorância triste. Não sabiam impor-se, nem falar cas pessoas; aquelas gentes do sertão, uma vez arredadas de seus hábitos, eram como um boi numa sala. Uns tontos!

– Nós era coma nego cativo. Pió! cuma cachorro sem dono. Bandoleiros por essas paragens de meu Deus.

No Crato, no Icó, em várias partes, os senhores da terra enxotavam a pontapés o mísero foragido, e pontos havia onde matar um retirante que se pegava furtando nas lavras era como derrubar uma daninha maracanã ou uma raposa ladra. Um grande embaraço, explicava ainda o rio-grandense, fora a filharia (que era a riqueza do pobre) tanto para o sustento como para as caminhadas. Aqui, vacillações, temores, que roubavam o tempo e confundiam o instinto. Antes de tomar para o Banabuiú – contava – quisera descer para o Aracati, e então embarcar para onde houvesse trabalho. Mas se lembrava que no barco, de que se contavam horrores, a meninada ia morrer toda. Não tinham mais fé no inverno; parece que o tempo seria aquilo mesmo para sempre. Mas haverá de ser o que Deus permitisse. Que sem a vontade do Homem lá de riba não cai uma folha de pé de pau. Se fossem os filhos grandes, ele teria navegado para o Aracati ou para a capital para aventurar a vida em outras paragens. Ao menos ia correr terra... Mas Deus Nosso Senhor permitiu – concluía – que viessem dar naquela fazenda do Senhor Quinquim Damião; e ficaram todos ali de morada. Foram ver palha na Varge das Bestas, distância de três léguas, cortaram madeira ali mesmo, e fizeram o seu ranchinho. Graças a Deus, a sua gente toda sabia lidar à satisfação do Seu Major e da mulher, que aquilo era mesmo uma Dona, senhora do que é seu.

Por derradeiro, o Secundino falou-lhe no serviço que ele podia prestar-lhe indo depor no processo, e combinaram que tudo se arranjaria da melhor maneira.

VI

Mal o Secundino ia-se erguendo, apresenta-se-lhe, coçando a carapinha, um moleque a dizer-lhe:

– Eu vim aqui qui a Senhora mandou pra acompanhá Vosmicê e servi no que for preciso.

– Ah, é o Anselmo? disse a Carolina. Como estão todos lá, Anselmo? O Anselmo respondeu pausadamente que tava tudo bom. O vento, dando-lhe na fralda da camisa, patenteava as canelas finas do cabrinha.

– Pois vamos, Senhor Anselmo. Tenho muito prazer em acompanhado por Sua Senhoria.

– Unh! fez a Carolina. Olhe lá o Anselmo! Já tem senhoria! E para o Secundino:

– É um molequinho bem ensinado e tem cadência para tudo, como poucos meninos brancos. Fez um calunga com canivete, que fazia gosto.

O Silveira explicou bem o caminho e o banho do Secundino. Não o acompanhava porque ia ter com Seá Dona, que desna d'onte qui queria que ele fosse pegá um jumento po lote... A criação de burro tava tendo munto apreço, qui burro é bicho bom pa carga e fácio pro penso... Ele esperava vir a ser o vaqueiro das bestas pruque o qui estava ia largá...

E, virando-se para o moleque:

– Leva ele ao poço do Meio, que é onde o banho está mió...

Afastaram-se. A Carolina ainda gritou para o moço:

– Olhe! Non se esqueça de fazer o Pelo sinal... Antes de se meter nágua! Vosmicês quando ficam homens não se importam mais com reza!

E o Secundino, já longe, palmeando com vagar por debaixo das umarizeiras:

– Senhora, sim! Eu sou bom cristão!

Caminharam um pedaço silenciosos. Um vento brando acamava de leve a pastagem, crescida com abundância. A proximidade do rio trazia uma confusão musical de marulho, de pios de ave, de sussurro da aragem. Desceram a ribanceira de salão, um barro salgado, cor de cimento, que se desfazia em pó finíssimo. Ao pisarem no saibro do leito, um gavião piou no olho de uma árvore, e o Secundino com a gana do caçador exclamou, pesaroso:

– Ah, diabo! Se eu tivesse trazido a minha lazarina...

Atravessaram o saibro, e o caminho se estreitou entre duas moitas. Adiante, ainda saibro.

– Qu'é d'água! Onde fica o poço?

– Pur aqui o rio só bate na enchente. A gente passa aquela vereda e dá logo no rio. Tá vendo aquela garça no oio daquela canafista? Apois é acolá.

Efetivamente o caminho adiante enveredava, cortando outra moita. O moço ia enxuto; quase não caía orvalho que o molhasse. Os galhos do mato batiam-lhe nas pernas sem despejar uma gota; os tamancos haviam apenas calcado na umidade de alguns trechos de lama velha, no almargeal.

Ele sentia-se bem disposto.

– Que idade tens? perguntou ao moleque, para desopilar.

– A Senhora dizia que nove anos. Nascera pela missão de Frei Serafim.

– Aqui, o moço foi puxando um diálogo, falante que era o cabrinha.

– A Dona Guidinha tinha filhos?

– Que não, que a Senhora não tinha fio ninhum; o Sinhô é que tinha dois fio apanhado, que moravam na Goiabera e eram já home.

– A senhora gostava deles?

– Se gostava? Não sabia.

– Era ruim para eles?

– Inhor, não; era até munto boa.

– Como se chamavam eles?

Um, o mais veio, qui era zanoio, chamava-se André Virino; o outro, o mais moço, qui fazia carro e trabaiava de urive e de carapina, se chamava Zé Tomais. Este bebia...

– A Senhora era boa para os escravos?

– Inhor, sim, mas às vez usava de barbaridade, às vez era muito rispe. Gostava munto de guardá rixa. Quando tinha raiva era capais de matá... Ele havia levado uma vez uma surra qui ela deu qui ficou cas costa ferida. Mas tirante disso, era boa dimais.

– E para o Senhor?

– Pra o Sinhô? Achava que sim. Mais as nega às vea dizium qui eles tavam mau. Ti Jaquim rifiria qui a Senhora era cuma cavalo cacete, qui tem sinau incoberto.

– Era muito rica?

– Diz qui munto.

–Possuía muito ouro?

– Diz qui munto.

–Muita prata?

– Inhor, sim. Cuieres, copo, bacia, jarro... Mais tava tudo cage sempre trancado, só butava pra fora dia de festa...

Haviam chegado ao poço do Meio. A areia estava úmida, em alguns pontos ensopada.

– A gente tira a roupa é ali naqueles pés de gerimataia.

Secundino respirou. O ambiente era de uma frescura alentadora. Sentou--se à sombra cariciosa dos ramos. Com pouco entrou a despir-se, vagarosamente. Como numa tela, assim no grande silêncio da natureza o chilreio dos pássaros, os rumores do vento e da água, pintavam-se em harmonioso conluio. O rio não cortara ainda. Em branda correnteza metia-se pelo poço adentro, e adiante saía murmurando, espalhado por entre os blocos de um lajedo.

O moleque recusou banhar-se.

– Tens vergonha, rapaz?

– Inhor, não. Eu vou é pegar piaba.

E enquanto o moço matava a sede da pele a remexer-se nágua como um pato, o molequinho, de camisa enrolada na cintura, pescava com a mão as piabas que tangia para os buracos da rocha, poço abaixo.

VII

Dar hospedagem era um prazer para aquela gente no isolamento rural em que vivia, como ao fino cavaleiro a prática de uma finezaou o regalo de um bom cavalo. Emprestavam até uma certa superioridade a quem vinha de fora, numa simpleza de costumes antiquíssimos. As secas e o progresso têm, porém, apagado já algum tanto semelhantes singelezas de gente forte. A seca faz o retirante, esse ilhota.

O próprio bonacheirão do Quinquim uma vez mandou chegar um ao moirão porque o vira pular de uma roça com um saco de mandiocas. A Guida, mãos rotas, que fazia derramar ancoretas de vinho nas suas festas, senhora de suas ventas, essa era extremada no proteger ou no perseguir. Pelo dito Silveira, um dia fez também cortar a facão os cachos de um cabra de Lavras de Mangabeira, mais aventureiro que retirante, que bulira com uma escravinha de estimação. No seu temperamento e educação via com bons olhos a chegada de Secundino, cuja má qualidade de parente do marido se perdia na de hóspede.

Verdade seja que por ocasião do assassinato do seu cunhado Belmiro, de Mossoró, o Quim falou-lhe num sobrinho, enteado da vítima. A mãe de Secundino fora casada com dois irmãos, e do moço dizia, segundo o que as cartas rezavam, ter tido parte no crime na qualidade de cúmplice.

E parecia-lhe dever ser aquele, visto como o tratavam pelo nome de Dino em as referidas cartas. Mas que tinha isso? Em todo caso seria um perseguido da justiça, um fraco. E sendo assim, ela até estava disposta a exigir do marido coração à larga e homizio para o criminoso. Belmiro era seu irmão. O rapaz quis que o matassem? Na verdade era duro de roer. Mas enfim, ficava tudo no mesmo sangue... E, além disso, que haviam de dizer de Dona Guida quando soubessem que negara patrocínio a um réu que lhe viera bater à porta?

Qual a causa da rixa de Dino com seu tio e padrasto Belmiro? Sobre este ponto o Quim não lhe dissera nada, as cartas guardavam silêncio. Então? Podia ter sido até algum ponto de honra. Nestas cogitações recebia ela o marido, que voltava do povoado. Ali à boquinha da noite.

Secundino passara o dia satisfeito. Ao recolher-se do banho, tossira, e sem demora a negra Luísa, com a sua carapinha bem entrufada e vistosas pulseiras, apareceu-lhe com um copo de leite fervido. Mais tarde, quando o moço acabava de barbear-se, vinha o Anselmo chamar para o almoço. Antes de ir, Secundino passou uma vista em si e consertou o cabelo ao espelho.

A sala de visitas era mobiliada com rigor. Canapé, cadeiras, mesas com pés de talha. Nas paredes, caiadas, nenhum retrato. Um registro de Santo Antônio e outro de Santa Margarida de Cortona.

Na orientação em que era construída a vivenda, o sol não se derramava por ela com franquia; mas vinha do interior, com o cheiro de leite azedo, peculiar das fazendas em tempo de inverno, um aroma de bálsamos agrestes, que o vento trazia, e o bafo confortante da boa carne assada na brasa. O corredor, onde, para cada lado, cerravam-se duas portas, desiguais e sem simetria, era algo escuro. A sala de jantar seguia-se logo.

Quem foi o Secundino encontrar para lhe fazer companhia? O vaqueiro, o Seu Antônio.

– Para aqui, Seu Moço, desta banda é mais fresco.

– Oh, meu caro Senhor! exclamou o rapaz, puxando a cadeira que lhe oferecia. Se não me engano é o mesmo cavaleiro que me fez as honras da chegada, não?

– Inhor, sim. Antônio Moreira e Silva, um criado de Vossa Mercê.

E como, na sua perspicácia de cearense, conhecesse um ligeiro desdém por parte do mancebo em sentar-se à mesa com um vaqueiro, acrescentou:

– Sou dos Moreiras do Quizelô, não sei se Vosmicê já ouviu falar...

O Secundino porém estava encantado com o sabor da carne e da farofa de nata. E semelhantemente foi o jantar. Quando o Major Quim chegou, estava ele numa rede do alpendre, com os olhos para o descampado, onde se iam esbatindo as primeiras sombras da noite.

VIII

As vacas tinham recolhido ao curral com o bucho a impar. Os garrotes, do lado de fora, davam-se a exercício, experimentando forças como se estivessem brigando deveras, naquela satisfação de rapazio nédio. Dois novilhotes acabaram em briga séria, levantando poeira no tropel da luta. Ouvia-se o grito estrídulo dos capotes, para detrás da vivenda, áspero como lixa, selvagem como o maracá.

Lembrava a agrura dos penedos torrados do sol, que rasgavam o verde manto da terra farta de inverno.

O Néu correra o último paui da porteira. No vaquejador, para a banda da Serra do Papagaio, apontaram dois homens, um encourado e um empanado, e uma carga.

– M'pai, diz o Néu, aí vem Seu Majó.

A esta voz, Secundino, que ouvira do alpendre, olhou. Ainda vinham distante. Começaram a desaparecer por um momento na passagem do rio.

– Deixa vir, fez o Seu Antônio, que atentava para os bandos de criação que subiam a tomar para o lado do chiqueiro.

Um novilho gaiteava na catinga, aproximando-se.

– Agora é que tu vem, diabo veio! gritou o Néu.

E depois:

– M'pai, fale a Seu Majó pra se beneficiá o Muniz. Lá vem ele. Aquilo não presta senão mais pra chamurro.

E entrou a aboiar, trepado na porteira. Ao som prolongado e contínuo, o gado punha-se à escuta. O jovem ergueu-se da rede. Produzia-lhe aquilo um efeito vivo, verdadeiro gozo poético. A voz do vaqueiro serpeava como o rio, e tinha como este marulhos e frescura. Sussurrava como as árvores, e lembrava o cheiro acre e a salutar monotonia do verde. Ia indefinidamente, cálida e aguda como um raio de sol, e retraía-se como o sol quando passa uma nuvem. Parou. Depois recomeçou.

No jovem civilizado vinha à tona, com aquela toada rústica a nostalgia do bárbaro e do selvagem. O homem primitivo lhe emergia de dentro, lá se ia o cérebro ruminando fantasias imensas como o tempo, em mundo de deleite, num torpor de sonho.

O cavaleiro empanado riscou enfim no terceiro, e mais atrás o outro puxando pelo cabresto um burro de carga. Apeou lesto o segundo, e se foi para o Senhor a segurar-lhe no estribo, pegando ao mesmo tempo nas cambas do freio. O Quim, pesado, se desmontou, fazendo ranger muito a sela. E ao dar com a estatura do hóspede de pé na varanda:

– Ó Naiú, quem é aquele?

– Não sei, Nhor, não.

O Quim avançou lento, encarando para o estranho.

– Gentes! Que vejo? Será mesmo o Dino? – exclamou, abrindo uma cara de pasmo.

– É ele mesmo, tio Joaquim, todo inteiro! – respondeu o moço, caminhando para o fazendeiro.

– Oh! meu filho, você por estes mundos?

E abraçaram-se com comoção.

Quando chegou? Quantos dias gastou na viagem? Como ficou tudo aquilo por lá?– e mais quanta inquirição e interjeição de semelhantes momentos. O Quim, notando certo embaraço no sobrinho, atribuía-o ainda ao fato longínquo da morte do irmão, procurava no zelo da hospitalidade mostrar-se todo generoso. À porta da sala, a Guida esperava-os na soleira, com ar de quem quer falar, e por trás dela, a velha Dona Anginha, com os óculos de ouro abaixo das cangalhas, quase já na ponta do nariz, com aspecto de cão que fareja.

O Seu Antônio interrompeu a cena, vindo perguntar se o amo consentia em beneficiar-se o Muniz.

– Vá, Seu Antônio! – determinou-lhe a Guida com certo enfado. Beneficie o bicho e faça o que quiser mais.

Nessa noite, nada se conversou do objeto daquela viagem. O tio, pelo carteamento que tivera com os irmãos, pegara a coisa por alto, e não queria arriscar palavra sem primeiro conchavar com a Guida. Era um parente seu, e queria evitar que pelo tempo adiante ela pusesse mais alguma em rosto. Havia tanto que estava afastado dos seus e da sua terra, que as horas se passavam presto em perguntas, histórias, e o mais.

IX

Ao fim do dia, a velha Dona Anginha trocava os seus bilros, e a Guida ponteava o seu labirinto no tear. Desde que o Secundino viera almoçar a velha se metera com ele numa prosa interminável. A Guida intervinha:

– Mãe Anginha, deixe o moço. Ora, já se viu...

E para o hóspede:

– O Senhor não repare estas coisas, não: é costume velho de Mãe Anginha. Quando agarra uma pessoa, quer fazer logo um rol de tudo quanto há. E se é gente que vem de baixo, então...

– Mas, pelo contrário, tenho até muito me aprazido com a conversa da Senhora Dona Ângela. Eu sempre gostei de conversar com os velhos.

– Quem, o Senhor? Não lhe gabo o gosto. É porque não os tem em casa.

– Se tenho! Por lá não se morre. Há um ror de cabeças de algodão.

Guida riu, e largou esta:

– Por lá só se morre de faca...

– E fica-se por cá mesmo, Senhor Secundino? – voltou a velha, no seu compassado falar, como se a Guida não houvera dito nada.

– Pois já não disse? Vou para a vila. O tio Joaquim vai mandar limpar a armação da casa que ele tem lá, que está fechada desde que acabou com o negócio, e eu vou-me estabelecer com as fazendas e miudezas que trouxe.

A Guida, querendo furtá-lo à maçada da velha:

– Já reparou bem nisto por aqui, Senhor Secundino? Já foi ver a cacimba? É aberta na piçarra. Deu um trabalhão a meu avô...

– Então é ainda obra...

– Do princípio do século passado. Hoje o sertanejo não faz nada mais daquilo, vive desanimado. Naquele tempo, sim.

E olharam o campo.

– Este terraço é a melhor sala de trabalho. Ouve-se daqui o que se passa lá fora, vê-se a labutação da cozinha, está-se ao pé da sala de jantar e da dispensa...

– Mas o calor?

– O calor? Agora não faz calor aqui. Mesmo pela seca tem o quintal e estas árvores, que refrescam o ar...

– E quando vai, Senhor Secundino? – tornava a velha novamente.

– Nestes quinze dias, Senhora Dona Ângela, se Deus não mandar o contrário.

– Já viu como é bem feita a renda dela? Não há por aqui rapariga rendeira que se pegue com ela! – proferiu a Guida.

Com ar modesto, a velha, levantando os óculos:

– Esta nem está boa, menina.

E tabaqueou.

Secundino acertara efetivamente as coisas com o tio, que por sua parte se havia entendido com a mulher.

O Silveira partiria para as praias com os cargueiros do Secundino, que voltavam escoteiros.

X

No dia seguinte já o Secundino se fazia de dentro. E dizia-lhe mesmo a mulata Luísa:

– Nhô Moço, vá-se fazendo de casa... Vosmicê non é sobrinho do Sinhô? E apois então?!

O rapaz nem se lembrava de abrir os livros de histórias e novelas que trazia, para matar o tempo. Divertia-se presenciando o traquejo da fazenda. A Guida mandara pôr às ordens dele o seu Marreca, um excelente alazão. O tio Joaquim, como pelo prazer de mostrar os seus possuídos, levava-o para ali e para acolá, a tal fazenda, a tais campos, já a assistir àquele serviço, já a visitar aquele sítio notável por algum episódio sanguinolento. Caçar é o que ele fazia pouco, o tempo não sendo ainda o apropriado. Pelo verão, sim, ele havia de levar o peito em boas pontarias. Os banhos, cada vez a melhor. Ia senhoriando-se da topografia complicada daquelas paragens eriçadas de penedos, penugentas de capinzais, cabeludas de catingas e carrascos, encalombadas, mas onde por toda parte opulentava-se o milagroso *fiat* do inverno.

No domingo o Quim não foi à missa, mesmo porque no sábado seguinte pôr-se-ia a caminho para a vila, acompanhando ao sobrinho, que ia inaugurar o seu estabelecimento.

Com a notícia, que correra, de que o Major hospedava um moço de Pernambuco, um cavalariano, diziam, o Poço da Moita teve nesse domingo muitas visitas, dos principais criadores daquele círculos, que eram gente de posses medíocres em sua maior parte, não tocando nos parentes de Dona Guida, pessoas de vulgar abastança.

O almoço foi tarde como passara a ser com a vinda do Secundino, e à roda da mesa não ficou um lugar vazio. Na véspera haviam feito matotagem de uma vaca liso-vermelha, descansada, cuja carne, chilramente cozida, sabia como se lhe houvessem aplicado mil habilidades culinárias. A panelada foi lua – não chegou para quem quis. A vivenda, tudo escancarado, estava cheia da algazarra daqueles matutos agigantados, alegres, gente ainda séria, mal encarados como novilho e dóceis como ovelha. Guida e o marido, guardando segredo sobre o verdadeiro porquê da viagem do sobrinho, faziam cuidar mesmo os fazendeiros que estava ali um cavalariano, isto é, um negociador de cavalos (que os vinham então de Pernambuco adquirir nos sertões suculentos deste Ceará de meu Deus). Logo fizeram ao pernambucano ofertas de animais, e quantas! para barganha.

Antes de ir para o almoço, passaram toda a manhã, no pátio da fazenda, em escaramuças de picaria. Cada um floreava melhor no seu ginete. E eram prosápias a eito. Aquele ruço fizera quarenta léguas de marcha em dia e meio, e não se dera por achado. Um cardão marchava alto, meio e baixo, sem ter estado na escola. Um certo castanho, o cavaleiro podia levar um copo d'água na palma da mão, cheinho, que nem o copo virava nem da água se derramava um pingo.

– Ai daí! esgoelava o Seu Antônio. Ca'alo cuma o Marreca da Seá Dona Guidinha, que chega aquilo macha sereno que mó de coisa que non bota os pés no chão, e chega mó que vai avoando pelos ares!

Ao meio-dia fez um sol quente e branco. Os cúmulos de inverno, impertinentes, monstruosos, apresentavam alvuras que doíam na vista, e negrumes, sem transição. A verde frescura do horizonte atenuava a aspereza do firmamento. E as visitas foram arribando; só ficaram as mais íntimas.

No alpendre, entretinham animada convivência, em grupos, conforme à posição das redes. Secundino mais o Miguelzinho e o Tomás, dois volumosos fazendeiros, parentes de casa, sentavam em mochos. Guida forçou o mancebo a tomar uma cadeira de palhinha, e aventou jogarem a bisca.

– Apois vamos lá. Mande ver o baraio! – grasnou o Tomás, na sua fala de asmático.

– Você é a minha parecera!–roncou o Miguelzinho, o cabeludão, que era torto (uma ponta de pau quase o cegara em rapaz, quando botava o cavalo a um barbatão).

Margarida lanço-lhes um olhar, que eles não entendiam.

O parceiro dela foi o Secundino.

O parentão cabeludo, sempre com aquela voz atroante e amiga, chalaçou para o jovem:

– Você foi quem mereceu a honra, hem, meu cabeça de coco?

Servia de mesa um mocho coberto com um chale vermelho. A Guida puxava conversa com o mancebo. De quando em vez, como uma lufada, vinha por ali uma gargalhada coletiva dos que cercavam ao Quim, que estava sentado no batente, à mangalaça, com seus chinelões de couro de maracujá, seu camisolão de chita encarnada e amarela, amostrando o peitaço que parecia uma chã de rês descansada. Guida voltava então a cabeça para a troça, e ao tornar punha um olhar na esbelteza do parceiro, no seu todo bem espanadinho de gato de casa de boa gente, que sabe lamber-se, ou de ave solta, que se cata à sesta e não tem sujo de gaiola.

Mas sim, é verdade, conhecera de lá o Silveira, dizia ela para o moço. O Silveira tinha contado, quando veio para ir ver o jumento em casa do Tomás...

– Ah! Ele chegou-me ao Timbó pedindo alvíssaras–entrou o parente–dizendo que o patrão estava c'ua joia, um sobrinho assim, assim, que era camarada antigo dele...

– É verdade, somos conhecidos velhos. Ele foi arrieiro de meu pai. Houve uma pausa.

– É meu! – brada o Miguel, puxando uma vaza.

– Qual seu, homem! Quem botou o rei foi adoia.

– É meu, mulher! – repisou o turra, desmanivando a vaza. Está aqui o rei de espada...

– Pois, Miguelzinho, você quererá sustentar que o rei de espada era seu?

– Era sim! Largue o cabresto que a besta é alheia. A Guida sacudiu as cartas na mesa:

– Vamos de novo! Tomás, embralhe.

Subira-lhe o sangue. Daí, como estivesse em presença do praciano, impôs-se a calma. Aquele Silveira era boa pessoa, não? Assim parecia.

Era, sim, Senhora, afirmava o parceiro. Era muito fiel. Tinha uma coisa: não podia tocar em bebida.

Perdia o senso?

Xi! ficava doido de pedra.

Ah! era muito raro ele beber. Ele se conhecia bastante...

E a Guida a repisar que era muito serviçal e pacato. O retirante melhor que ela vira. Trabalhador... Mas meio topetudo. Ninguém lhe botasse a mão, que havia de ver uma fera. Estava no seu direito. Em 25, ela era ainda pequenota... A princípio, confessava, teve certo sobrosso quando se falou em seca. Amedrontava-se com a ideia de que a sua habitação fosse acometida por bandos de celerados famintos, como onças, ou por dolorosa turba de cadáveres semoventes. Todavia, não foi como ela pensava. Os que ali tinham vindo não eram uns sentimentais, nem lamurientos, nem assaltantes.

– Ah! para mim é coisa líquida. Só a falsa miséria faz o crime, ou a lamúria como a dos ciganos – dogmatizou o jovem parceiro. Eu fico indignado com os tais ciganos!

A Guida continuava. Naturais, resignados, mansos, os retirantes. Não se entristecia tratando com eles. O que ela sentia era vontade de ajudá-los, como cristão a cristão...

– Sim, de homem a homem, pelo instinto de salvaguardar a espécie -disse o da praça. Não revelavam angústia pelas feições. Tinham era umas caras de tísicos, olhos brancos e grandes, dentes de fora, maçãs pontudas, pele de velho, cor encardida...

– Você não avalia -falou o Tomás, na sua voz rouca – você não avalia os benefícios que esta mulher fez àquelas pobres criaturas.

– Hão de ser teu talismã, minha Senhora Prima! – bateu-lhe o Miguel no ombro com seus afagos de canguçu. Mas peço-te já o sete! Passe onze jogos.

– Tome lá, engorde.

– Espere! eu neguei trunfo. Com licença...

– Assim é que eu gosto de ver.

A Guida estava de frente para o campo. O sol já entrava no alpendre pelo lado do rio. Lá embaixo, a palhoça do Silveira, novinha, exposta ao meio de um terreiro limpo, com os meninos do lado de fora, vadiando o jangalamarte; perto a fímbria do bosque, limitando-lhe o terreiro uma barra de mato seco. O gado malhava ao sol. Debaixo dos tamarindos cochilavam os burros do serviço...

Era um animal que valia a pena, o burro, aventava o Tomás. Lá por Pernambuco haviam de ser bem reputados, hem?

– Muito! respondeu o praieiro.

– O Silveira tem muito feito para lidar com eles – aproveitou a Guida.

– Podera não? É arrieiro velho. Para animais de carga é mestre, para o gado bovino é um bobo. E ele até sabe ensinar, entende lá o seu bocadinho de rédeas.

– Quero dar-lhe o meu castanho para ver. Mais essa gente de baixo não costuma sê lá muito boa prá mestre de cavalo, não, Senhor.

A conversa parou por um pouco. Num tom de velha familiaridade, volve a Guida, depois de momento de concentração:

– É verdade, ele quando vai para Goianinha?

O Secundino mirou-a com surpresa:

– Ele vai para Goianinha?

– Sim, menino. E por que não há de ir? Ele tem de voltar com os seus cargueiros.

Ah! então ela já sabia de tudo? -murmurou o mancebo consigo mesmo. Mas que indiscrição! Pois não era tão bom que ele fosse passando como cavalariano como estava, como simples especulador?

O caso é que a outra notou-lhe o embaraço:

– Eu quero que ele vá... Deve fazer muito boa venda de um lote de burros que eu tenho no Vavaú...

– E que peças que são aqueles bichos! – brada o Miguel com entusiasmo. São cinquenta bagos a oio fechado!

– Alto e malo?

– Sim, Senhor. É de uma raça de jumentos da Bahia, que eu tenho lá. Ca figuras! Bem encascados que faz gosto, possantes... Tem até um que bralha.

Guida repetiu:

– Eu quero que ele vá, impreterivelmente.

Secundino fazia silêncio, meio confuso. Então ela queria que o homem fosse, isto é, que o Silveira se largasse para Goianinha a fim de jurar no seu processo, aliviando-o de semelhante pesadelo? Queria, estava dizendo de sua boca. Era pois certo o que se espalhava a respeito dessa mulher generosa e valente. Feliz quem lhe caísse nas graças. E notava agora na parceira uma harmonia de traços, que não lhe tinha visto ainda, que venciam a rudeza dos modos da matuta, espalhando, como a frutificação do croatá, dentre os espinhos, um aroma denunciador.

Começou o rapaz a sentir-se muito grato àquela senhora.

XI

Março findara com três dias de aguaceiro.

Sábado, 8 de abril, meteriam o pé no estribo para a vila. A casa ficou pronta na terça-feira. O Secundino não tinha mais do que chegar, arrumar as mercadorias na prateleira – e toca a vender.

A 3 de abril, porém, a chuva roncava de novo.

A lama no curral engolia já até ao meio da canela. Por mó disso, os bezerros começavam a repugnar quando lhes chegava a vez, a eles, tão ávidos em correr para as mães. Como se o atoleiro mordesse, as vacas sacudiam o pé frequentemente, com o que os tiradores de leite se danavam, desandando murros nas pobres. Também, ao menor descuido, lá os diabos faziam virar a cuia, às vezes já cheinha de leite!

O gado buscava o limpo, e não perdia uma abertazinha de sol. No dia 7 a chuva batia já pela manhã, e a 8 vinha à hora do almoço. Uma tolice fazer viagem com um tempo daqueles, sem maior precisão. Ficaria para domingo, para segunda, para terça-feira, quando Deus quisesse, que o Secundino estava em casa – dizia a Guida. Ir-se com semelhante lamaçal era tentar a Deus. E uma pessoa que não estava acostumada com o sertão!

O marido concordava, e Dona Anginha abodegava para o moço que não se avexasse, que a chuva era um bom sinal para os seus negócios... O rapaz mostrava-se um tanto contrariado. Quando tinha de fazer uma coisa queria fazer logo, senão passava o gosto.

Com o tempo fechado, a vida do interior tornava-se mais íntima e animada. Ficavam mais tempo à mesa, achando prazer na convivência, e tinham mais vontade de comer. Lá fora, ou o ruído da água e do vento, ou a claridade pondo um encanto no relevo da paisagem vicejante e lavada.

Era o dia de São Secundino, e enfim ele se resignava. Ao almoço, paçoca. O dono da casa, à cabeceira, de frente para a janela aberta sobre o sertão. A paçoca estava demasiado gorda.

– Bote farinha, Secundino. Você não tem estômago de sertanejo para aguentar semelhante gordurame.

– Na verdade, por favor passe-me a coité, Dona Anginha... Mas me admira como é que se come tanta gordura assim!

Era saboroso, mas enjoava. Ora a paçoca chegava a estar ensopadinha daquele modo!

– Eu só estou a ver como a Dona Anginha...– admirava ainda o hóspede.

– Esta mãe Ângela come o tutano de um boi!

– Credo! Não digas isso, menina. Só porque eu não sou biqueira como ela...

– Eu, biqueira, Mãe Ângela?–replicou a Guida, a despejar vinho nos copos. Isso é ali com o Quinquim.

– Declino da honra, transfiro-a aqui ao meu sobrinho, que os filhos do Cesário a ele puxaram, invariavelmente. Aquilo era um dengo...

– Não nego, meu tio, a herança paterna. Mas garanto-lhe que hei de ir abrindo aqui neste monte de paçoca uma brecha formidável. Desde que principiei a respirar estes ares que estou vendo que rôo os guardanapos de Santa Apolônia.

Entrava na sala um vento úmido e aborrecido. O Quim, com cuidados no sobrinho, vira-se para a cozinha:

– O vento está do Sudoeste... Fecha aquela janela, Anselmo, que está salpicando.

Todos olharam para fora. A chuva esmorecia. Para a varanda, sobre a vista do quintal, fios d'água caíam iluminados num banho de luz solar.

– Chuva com sol!

– É que as nuvens estão passando do Norte para o Sul.

– O que é que quer dizer chuva com sol?

– Casamento da raposa com o rouxinol.

Riram.

– Deveras...

Veio a fritada. Depois, linguiça de vaca, jerimum com leite, coalhada escorrida e requeijão.

– Um vidão, minha gente! Bote bucho aqui, Dona Anginha! Só esta coalhada escorrida, este café com leite...

– Faça o favor de não reparar-fez a Guida -se não lhe tratamos melhor. Aqui pelos matos não se encontram os recursos de lá...

– Pelo amor de Deus, minha tia! Os recursos de lá por lá se fiquem. Neste caso voto pelos de cá.

– A falar a verdade, no sertão o passadio pelo inverno é muito superior – acrescentou o Major. Pela seca é que são elas. Guidinha, manda vir fogo para o cachimbo.

O Quinquim fumava logo em cima da comida; por sua parte o sobrinho acendeu o seu charuto, e a Guida, que não queria pitar diante do praciano, retirou-se para o seu quarto. Dona Anginha usava mecha na venta; naquelas circunstâncias, porém, fungava antes o seu simonte, da bocetinha de tartaruga. Entrara um pouco pelo vinho, no que o hóspede lhe fizera boa companhia. Uma digestão alegre. Dona Anginha a dar trela. O calado do Quim também não estava de língua pegada.

Dona Anginha a insistir que aquele tempo chuvoso era bom sinal para o comércio do parente. Ela já o chamava meu parente Secundino. Deitou a informar acerca do povo da vila, no que teve de sustentar contestações com o Major, que também queria entender da vida alheia. E remontaram aos princípios do lugar. Um, que a vila fora criada no tempo de D. José, e o outro, que no tempo de Dona Maria I. Para desempatar a questão, a velha ergueu-se e, com a sua corcunda, foi buscar uns papéis do mano padre. Era um in-fólio com capa de couro mal colada, atado por uma fitinha. Para o moço:

– Veja o que diz aí, menino, que o mano padre, que Deus tenha na sua Santa Glória, aí escrevia de um tudo. Veja lá. Deve dizer pelo claro.

– Ca maçada! – pensou o rapaz consigo. E alto:

– Deixe-me ver lá isso.

– Que belezas não há de ter deixado por essas bandas o Reverendo Costinha! Veja se fala da Constantina... É dos republicanos de 1824. Quando fores para a vila, não te esqueças de ver no arquivo da Câmara o auto do levantamento das bandeiras imperiais. Uma vergonha para estes cearás. Pernambucano mesmo não fazia aquilo não... Não vê!

– E o que diz lá isso?

– Eu já não me lembro bem... É melhor veres lá, quando fores -concluiu o Quinquim, meio zonzo.

O Secundino continuou a virar folhas. Por fim parou:

– Oiçam lá, disse. Eu vou desempatar:

"Da representação que Vossa Mercê me dirigiu em dez de janeiro próximo pretérito a respeito de quanto seria útil ao sossego público, administração da Justiça, e ao Real Serviço, que s'erigisse em vila a povoação de Cajazeiras para nela se recolherem os vadios que como feras vivem espalhados pelos sertões, separados da sociedade civil, cometendo desordens, e toda a qualidade de delitos, que as Justiças não podem coibir por lhes não chegar a notícia ou chegar a tempo tal que as averiguações são frutíferas; quando pelo contrário com a criação da dita vila se obrigarão a recolher nela os vadios para trabalharem, promover-se-ia o castigo aos delinquentes, adiantar-se ia a agricultura, e se aumentaria o comércio; nesta certeza e pela faculdade que sua Majestade me permite na Real Ordem de 22 de julho de 1666..."

– Não será 1766?

– Isso não sei, menino. Isso é carta do Governador da Capitania...

– Lá do meu Pernambuco. Era... D. Tomás José de Melo... 20 de fevereiro de 1789, carta ao Ouvidor da Comarca do Seará, Dr. Manuel de Magalhães Pinto e Avelar de Barbedo... Homem! a coisa no outro tempo era mesmo um terror. Por isso é que se davam aquelas lutas de Feitosas e Moirões, e o diabo a quatro! Ora, veja o que diz o Rei D. José I, na tal de Ordem Régia ao Conde de Vila Flor, Governador e Capitão-General da Capitania de Pernambuco e Paraíba. É bem frisante na verdade.

– Ainda hoje há tantos que vivem debaixo do cangaço! Dos Cariris, dos Inhamus, de Pajeú de Flores, e até por aqui mesmo.

O Secundino leu:

"Sendo presentes em muito repetidas queixas os cruéis e atrozes insultos, que nos sertões dessa Capitania têm cometido os vadios e os facínoras, que neles vivem como feras, separadas da sociedade civil, e comércio humano; sou servido ordenar que todos os homens, que nos ditos sertões se acharem vagabundos, ou em sítios volantes, sejam logo obrigados a escolherem lugares acomodados para viverem juntos em Povoações civis, que pelo menos tenham cinquenta fogos para cima, com Juiz ordinário, Veriadores e Procurador do Conselho; repartindo-se entre eles em justa proporção as terras adjacentes: E isto debaixo da pena de que aqueles que no termo competente, que se lhes assinar nos Editais, que se afixarem para este efeito, não aparecerem para se congregarem e reduzirem a sociedade civil nas Povoações declaradas serão tratados como salteadores de caminhos, e inimigos comuns, e como tais punidos com a severidade das Leis: Excetuando-se contudo: Primeiramente..."

Aqui chegava a Guida:

– Muito bem. Não lhe gabo o gosto, meu sobrinho. Lendo livros velhos e aguentando as maçadas de Mãe Ângela! Continue. Também quero ouvir esses sermões do tio padre.

– Não são sermões. É o nosso passado, quero dizer, o do povo destes lugares, que bem sei que havia de haver homens abastados, de sangue limpo, boa moral e benquistos. É um traço de história da ralé, de que tenho a honra de vir em linha mais ou menos reta...

– Menino, lê lá, e deixa-te de lábias de labaral.

– Você não tem medo do Tinhoso com isso? Quem lhe disse que seu sangue não é limpo? Não será o mesmo do meu marido?

– Limpo sou porque me lavo. Eu sei lá! Isso de sangue é dinheiro.

– Dinheiro é sangue! disse o Quim.

– No fim dá certo. Tanto faz dar na cabeça como na cabeça dar...

"Primeiramente, os Roceiros, que com seus criados, escravos e fábrica de lavoura vivem nas suas fazendas sujeitos a serem infestados daqueles infames e perniciosos vadios..."

– Cujos dignos descendentes constituem hoje em dia o grosso dos votantes.

– Não interrompa, vá de fio a pavio.

"Em segundo lugar os Rancheiros, que nas Estradas públicas se acham estabelecidos com os seus ranchos para a hospitalidade, e comodidade dos viajantes, em benefício do comércio e da comunicação das gentes..."

– E assim devia ser.

– Muito bem.

"Em terceiro lugar as Bandeiras ou Tropas, que em corpo e em sociedade civil e louvável vão aos sertões congregados em boa união, para neles fazerem novos descobrimentos..."

– Eu quero ver é onde fala em D. Maria I – disse a velha. Eu sei que era ela, ora se era! Ouvi muitas vezes com estes ouvidos a meu pai, que até assistiu ao levantamento do pelorinho.

O papel estava bastante encardido. Os caracteres muito rabiscados, cor de ferrugem, nas páginas seguintes desapareciam quase.

– Não se pode ler o resto -fez o moço, com olhar míope. Xi!... Impossível. Aqui ele mudou de tinta, é péssima. Vamos ver adiante.

– Veja bem! reclamou o Quim.

"– Autuação do edital de convocação... da carta do Governador... da Ordem Régia. Em seguida o Ouvidor fez uma fala ao povo... Termo de levantamento do Pelourinho... com as pessoas já ditas e a maior parte do Povo convocado a toque de sino, e comigo escrivão de seu cargo..."

– Está difícil.

– Veja, Senhor, que a coisa está aí – teimava a velha.

"O Meirinho Geral da Correição, José Januário da Silva, em voz alta e inteligível gritou três vezes Real Real Real viva a Rainha Fidelíssima de Portugal Dona Maria Primeira, Nossa Senhora, as quais palavras..."

Um frêmito de satisfação subiu do nariz da velha:

– Eu não disse?! Eu não disse?! Dê a ele para ler. Leia com os seus olhos, Quinquim. Era ou não era Dona Maria Primeira?

– Pois era, Senhora. E que interesse tenho eu lá nisso? Era, pois era. Está acabado. E com um ar sonolento retirou-se o Major para a sala, onde se espreguiçou no canapé.

XII

À tarde, estiou de todo.

No dia seguinte apenas chuviscou pelo meio-dia.

De manhãzinha, fazendo frio, Guida já dava ordens no alpendre, com o seu cabeção de rendas, cabelos soltos, apesar do pente marchetado de ouro enfiado ao pé da touceira abundante. A porta do quarto do Secundino ainda estava fechada.

As cabras berravam muito no chiqueiro, e a matrona ordenava que as despachassem logo. E acrescentou:

– Hoje mesmo quero que tirem o esterco daquele chiqueiro. Já está fazendo quezília aos pobres dos bichos. Ouviu, Naiú?

– Inhora, sim.

– Não deixem leite de cabra para o almoço, não. Diga à Margarida: botem todo o leite de cabra para fazer-se queijo. Hoje o dia é seco, o tempo está levantando, podem fazer queijo do melhor. Façam requeijão para Seu Saturnino levar, ouviu?

O gado ganhava o pasto, mais senhor de si. Para todos os lados, nas depressões, viam-se aquelas natas de bruma, que ao lento do sol se distendiam, imperceptivelmente; ali um pedaço de rocha, acolá uma árvore, ainda emergiam da superfície delicada e sutil daqueles frios vapores, que iam subindo, subindo. A casinha do Silveira mergulhava num lago de névoas. Bandos de maracanãs passavam com um alarido, e assim os periquitos.

– Vão, diabos! gritava-lhes o Néu. Vão acabá co mio dos roçados, peste!

O Quim, friorento, aparecia à porta com a sua xícara de café:

– Secundino já acordou?

– Não–respondeu a Guida. Quim, você precisa mandar vir madeira para endireitar aquele curral. Aquilo não tem jeito: no dia em que meter lá uma boiada, a cerca vai ao chão.

– Já disse ao Seu Antônio que mandasse vir a madeira que está na Lagoinha, e acho que o Martins foi... Escuta, estou ouvindo o carro.

– Então deve ser ele... É ele mesmo.

Realmente, rio abaixo, esmorecia de mais a mais o chiar de um carro de bois.

Quando o velho pêndulo da sala disparou as suas nove horas, no tímpano fanhoso, fazia um sol quente e devastador.

Decididamente, à tarde o Secundino partia. Não quis deixar para o dia seguinte, apesar dos protestos da dona da casa. Efetivamente, partiu. Foi no Marreca. Saíram esquipando, que era um gosto, ele e o tio, as cargas tendo seguido uma hora antes.

Guida passou o resto da tarde no alpendre, parolando com a Carolina, que por seu lado estaria com saudades do seu marido, àquela hora talvez já arranchado em Mossoró. Quando ele chegasse, dizia, já havia de achar as duas casinhas dos cunhados levantadas, que os irmãos estavam trabalhando nelas com vontade. Uma casa só não era possível para tanta gente. Familião, que eles tinham! Guida noticiara-lhe que logo que o Silveira estivesse de volta mandava-o tomar conta das bestas e outros animais. E de pé, segurando na corda de laçar, feita de relho, que se esticava por debaixo do beiral, balançando com o corpo, como se em cuidados estivera, atirava para a paisagem um olhar, que se podia materializar em um lanço de tarrafa; e abaixando-o, puxando-o para si, como despencava estas palavras palpitantes que se debatiam asfixiadas:

– E, mulher, você quer bem a seu marido?

– Quem? Eu, Dona Guidinha? E a quem hei de querer senão a ele, que recebi no pé do altar?

O rebanho das cabras subia para o pátio, berrando, cabriolando, com um pelizito fino e lustroso, e as ovelhas, caladinhas, ao balar dos cordeiros, cerravam-se contra as outras por entre as ervas e pedregulhos da baixa.

– Olhe as ovelhas como estão poucas, Seá Dona Guidinha.

– Desnortearam com as trovoadas de anteontem: devem estar no Riacho do Meio.

E como o Seu Antônio se aproximava, vindo do campo:

– A onça ainda apareceu, compadre?–inquiriu, falando alto.

– Inhora, não, disse o vaqueiro, apoiando-se à portinha de sua casa, que era vizinha à vivenda, para o nascente. A onça que tem dado na criação é a onça de dois pés. Não sei que lhe diga sobre esses senhores arretirantes. Deus me perdoe qui também ainda um dia também posso mi vê nas mesmas circunstâncias, mais só si fô castigo de Lá de Riba.

Carolina doeu-se da indireta:

– Apois, meu Senhozinho, lá por casa ainda, graças a Deus, não entrou bode furtado...

– Quem lhe disse isso, mulher? Com efeito! – ralhou a Guida, sentando-se na rede armada ali no alpendre.

– Não, Seá Dona Guidinha, vão levantá farso ao Cão! A gente, porque somos de fora, não hai de pagá calúnia assim, não, mais Deus é grande.

O vaqueiro entrara para sua casa, depois de tirar a sela do cavalo, que soltou. Carolina agora dizia:

– Seá Dona Guidinha sabe a história dos cinco muitos?

– Como?

– Dos cinco muitos?

– Não sei, não. Conte lá, se sabe.

A narradora, como o geral dos roceiros, falava sempre muito alto, num entono impossível de representar com os sinais da nossa escrita. Contou ela:

– Uma vez um capitão de navio, muito rico, andava correndo terras in procura de uma moça para com ela se casar, porém queria que a moça tivesse cinco muitos: que fosse muito pobre, muito bonita, muito alva, que soubesse muito ler e muito coser. Um dia, saltando num povoado, achou uma donzela como ele queria, e foi ter na casa da mãe dela. A famia da moça arrecebeu ele muito bem, ofereceu café, e ele foi logo pedindo e obtendo a mão da donzela, que era uma criatura formosa como Nossa Senhora da Conceição.

Mais a moça possuía um namorado, que ficou desesperado com ela por mó disso. Este sujeito pegou fez-se muito amigo do estrangeiro, beberam muito, e lá num ponto cochichou no ouvido do homem que aquela moça, que ele ia arrecebê pelos santos sacramentos do matrimônio, fazia isto e aquilo outro, que era dele há muito tempo; enfim, alevantou tanta difamação, que o capitão não quis mais sabê de casamento e antes de amanhecê o dia embarcou, largou-se e foi-se imbora.

Passado tempo, morre a moça. O sujeito principiou a passar muito mal cos remorsos porque na hora da morte dela não tinha ido pedir perdão a ela. Ficou tão atormentado, que foi pedir ao vigário que pelo amor de Deus lhe valesse. O vigário respondeu que quando fosse de noite entrasse na igreja e ficasse lá rezando inté o rompê d'orora.

Ora, o pobre coitado foi. A igreja estava no escuro, e ele trancou-se por dentro, com um medo muito grande; mas porém fazia das fraquezas força. Já tinha rezado cinco rosários quando bateu meia-noite. Ele ficou todo arrupiado cas badaladas do relógio. Antes do relógio acabar de batê, abriu-se um relampo, debaixo do chão, cum trovão terrível. Ao depois, debaixo do altar-mor saiu uma lama toda resplandecente, e foi assentar-se no mocho adonde os padres sentam na missa cantada. Ele reconheceu o rosto da moça, não sei cumo foi que perdeu o medo. Aqui ela vai, pega na campainha e toca. Antão saiu um padre debaixo do chão, vestido como se fosse pregar, e caminhou para ela, ajoelhou-se chorando, beijou a mão dela, e desapareceu.

Cum pouco ela bateu de novo na campa. Antão saiu foi um bispo todo paramentado de prata e ouro. Na mitra só tinha briantes, e o anel era mode que uma estrela, e se ajoelhou chorando nos pés dela, e desapareceu.

Ao depois, ela tornou a batê a campainha, como se estivesse levantando a Deus. Daí a um pedaço o chão tornou a se abrir, que saiu de dentro aquele fogão que parecia uma coivara, e muita cantoria como nunca se ouviu no mundo. Aí, foi subindo um arcebispo, que parecia um santo, com uma batina vermeia como Nosso Senhor dos Passo. Ele disse umas palavras de missa, ajoelhou lavado em lágrimas, nos pés da moça, beijou a mão dela, e os anjos foram carregando ele pro céu, com uma fumaça de incenso.

Entonce o sujeito se alevantou chorando de arrependido pelo farso que havia levantado a ela, se ajoelhou aos pés da alma, e foi fazendo menção de beijar também a mão dela cumo os três sacerdotes que desapareceram. Mas uviu-se um estouro muito grande, e o caluniador caiu coa língua torada.

De menhãzinha, quando o sancristão foi abrir a igreja, achou-se então um cadáver sem língua, estirado no chão, e uma voz disse do altar pra todo mundo ver: que se aquela moça tivesse casado co capitão do navio havera de ter três filhos pra Deus Nosso Senhor: um havera de ser viário, o outro bispo e o outro arcebisbo; e que entonce o levantador do farso era ladrão, ladrão, ladrão, que só se salvava com três vezes perdão.

– É por isso que se diz: Antes com pena sentir, que sem remédio chorar.

– Acabou-se?

– Inhora, sim. Assim digo eu: ninguém me alevante farso, pruque há de pedir três vezes: Perdão! Perdão! Perdão!

– Mãe Ângela há de saber essa história com toda a certeza.

O sol desaparecia para o lado do Boqueirão. Por debaixo das umarizeiras e das opulentas oiticicas aparecia a água das poças deixadas na baixa pelas chuvas, empurpurecida pela claridade moribunda, e mais longe, para o serrote, uma enorme ribanceira de granito, do meio do verde ensombrado, acendia no cimácio uma torrente de fosforecência de malacacheta, a escorrer para o escuro de uma cavidade.

– É bonito, hem, comadre Calu, aquele vermelho cor de sangue?

– Aquilo? Amenhã chove atra vez.

– E aquele rochedo acolá? Parece de prata, hem? Sabe quem apreciaria muito este espetáculo? O Secundino.

– Era mesmo. É meio bobo, gosta de certas bobage.

Livro segundo

I

A velha Corumba, com a sua pele engelhada e limpa de lavadeira, levantou os braços a arriou a trouxa de roupa em cima da mesa, na sala de jantar.

– Sinhazinha, tá qui a roupa.

Soprava de satisfação e assentava os magros quadris em um banco, enquanto a Senhora não vinha.

Ife! Era muito melhor quando estavam na vila! O rio lá era espraiado e pelo caminho não se andava aos trancos e barrancos como ali na fazenda, e mó de que lá a roupa corava melhor. Diabo de caminho desgraçado! gente chega i aos boléus. Tomara que os senhores fossem para a vila no mês de São João.

– Não irão, não, Seá Dona Anginha?

Esta, que acabava de enrolar as Horas Marianas na sua capa de couro, dando um nó na respectiva correia, virou-se para a velha escrava com os quatro vidros que entolhavam os bugalhinhos dos seus setenta e tantos anos a luzirem entre as pestanas sarapinguentas:

– É só o que vocês querem! É a fonção de ir pra vila, mó de viverem lá na folia com as suas pareceras!

– E apois então, minha rica branca? A gente também não há de pricurá suas melhoria? Só branco é que é fi de Deus? Apois Vosmicê era inté mais a favô dos nego, o qual não é agora. Óie que Vosmicê tá ficando pos nego...

– Não olhas tua Senhora que aí vem, não? Põe-te com trelas...

Guida, subindo do quintal com umas flores na mão, arrastava os pés pela varanda como se fora num extenso capacho, para limpar a sola dos chinelos.

– Vieste cedo, Corumba. Esta roupa estará bem lavada? Ora, ainda tem sol lá fora... Hem?

– A roupa está boa, Sinhazinha. Vim cedo pruque fui cedo, e pruque o sóu tava bom.

– Desamarra enquanto eu vou botar estas flores no pé do Senhor Santo Antônio.

A preta desatou os nós da trouxa, e as peças desagregaram-se para os lados. Entrou a separá-las, dobrando-as. Quando a Senhora veio, fez apenas conferir com o rol, que era escrito em uma coluna vertical, numa tabuinha, designando o número de peças mediante uns tornos que enfiavam nuns buraquinhos. A roupa estava cheirando muito a sabão; a Corumba tinha aferventado o serviço.

– Você meteu-se no gole, Corumba. Não me importa que enxugue lá o seu copo, mas perca esse costume de alinhavar tudo. Oh!...

– O quê, Sinhazinha?

– Como é que hei de mandar isto assim para o moço? Isto algum dia foi lá camisa lavada? E este colete? Pois a roupa dele até ia limpa...

– O quê? Limpa? Credo, Sinhazinha! Se não fosse de branco, eu dizia que fedia a bodum.

– Isso era o que vinha abafado na mala.

– Inhora, não! A que ele trouxe na mala eu já lavei que tempo! Já ele deve ter xujado de novo outra vez. Eu vou dizê pruque é que Vosmicê tá achando esse cheiro: é mó do sabão.

– Pois tenha mais cuidado com o sabão.

– Não fui eu que fiz, foi Guida. Um sabão mau feito, que agruda nas mãos... Ô muié porcaiona!

– Pois eu não quero que isto aconteça outra vez. Você é que me responde. Olhe, venha cá: diga ao Naiú que ele amanhã bem cedinho tem de ir para a vila, levar esta roupa de Seu Secundino.

– Inhora, sim. Vigi, Sinhazinha! Sinhazinha me dê um fuminho: o que eu tenho é um bazé tão ruim!... Onte eu fumei foia de mato. Tenha pena da nega veia...

– Eu logo vi, pidona, que tu havias de vir com as tuas choradeiras. Anda ver.

E foram as duas pelo corredor.

De manhãzinha, lá se foi o Naiú, balaco! balaco! montado no meio da carga de malas de couro cru. A roupa não dava para fazer peso: era pouquinha.

Encontrou o Secundino sentado em uma cadeira, à porta da loja, conversando com outros. Entregou-lhe a roupa com um bilhete. O moço leu isto:

"Poço da Moita, 12 de abril de 18...

Secundino

Como é que vai na sua loja? Tem gostado da Vila? Nós vamos todos com saúde, graças a Deus, apesar de que já estou me enfadando desta vida de fazenda muito sem jeito, eu estou cansada de dizer ao Quim que era melhor ele tornar a abrir negócio aí e então podia até fazer sociedade com você, não achava bom? Vai 20 mil-réis para você me mandar uns cortes de chita de 8 varas e 2 xales, se não chegar mande dizer quanto falta.

Se a roupa não estiver de seu gosto desculpe que a culpa é da Corumba, mas também a pobre negra velha é só quem sabe lavar quando quer, mas se queixou que o sabão estava mal feito.

Sua criada e parenta que lhe estima,

Margarida."

O rapaz pensou um pouco. Que diabo de padrões ia mandar? E quantos cortes? Não dizia nem ao menos a cor!

– Ela não te disse como é essa chita que ela quer?

– Não disse, não.

– E a cor dos xales. É com flores, ou...

– Ela não me explicou nada, não. Não me dixe nada. Dixe só que trouxesse a roupa e este papéu e entregasse na mão de Vosmicê.

– Como diabo eu arranjo isto!

Regulou-se pelo seu gosto dele, e meteu a tesoura.

Despachou o portador, depois que este andou executando outros mandados que trazia.

– Vosmicê não arresponde o biete?

– Não. A resposta é isto que aí vai, a chita e os xales.

– É pano munto! – disse o cabrocha a arrumar na mala as encomendas. Quero vê se ela non mi dá umas calça por São João... Eu sei que isto é pos outo...

Secundino estava apreciando muito a vila. Morava no pátio da matriz, numa esquina, defronte do sobrado do Juiz de Direito, onde aparecia com certa insistência à janela uma filha deste, chamada Eulália, que designavam familiarmente por Lalá, e por Lalinha. Estava sendo muito visitado. Pudera não! sobrinho de Dona Guidinha...

Um dos primeiros a ir cumprir com esse dever de humanidade e de civilidade foi o reverendo vigário da freguesia, o Padre João Franco, excelente ancião, pai de família, sacerdote patriarcal desse bom tempo em que a província não tinha bispo ainda que bispasse. No meio da conversa, disse ao moço que o estava considerando cajazeirense, porque quem bebia água do riacho da Dona Maria e se banhava no poço do Gregório, não tinha mais que ver, ficava naturalizado dali. E que não esquecesse nos seus lucros ir reservando uma quotazinha para dar uma esmola para as obras da matriz.

– E a matriz não está feita? Não há aqui três boas igrejas?

– É, o povo é muito cristão, mas a matriz de uma demão ainda precisa, pois há alguma coisa por acabar, e sobretudo por melhorar, por exemplo, assoalhar...

– Assoalhar, está direito. O tijolo é feio, porco e estraga os vestidos das senhoras.

– Exatamente.

– E de que tempo é essa igreja?

– É do tempo em que o Ceará pertencia à capitania de Pernambuco. Leio-lhe bem os assentamentos. Em 1730, o alferes português Francisco Manuel endereçou ao bispo de Olinda, creio que D. José Fialho, uma petição em que ele e o mais povo, moradores no Boqueirão, pediam que lhes fosse concedida licença para poderem erigir uma capela no dito lugar. Traziam os peticionários por frente a alegação de estarem distantes de sua matriz espaço de trinta léguas, e por isso não lhes era dado satisfazer os preceitos de ouvir missa, nem mesmo em outra capela, porque a de Nossa Senhora da Conceição do Banabuiú, que era a mais próxima, distava espaço de vinte léguas. Argumentavam mais que havia bastante concurso de moradores, e de outros que de novo se iam situando. O fundador oferecia o patrimônio de meia légua de terra com trinta vacas cituadas, porém seria nomeado administrador, que o foi. Em setembro de 1732, benzia-se a capela. Vinte anos mais tarde o piedoso português, já promovido ao grau de capitão de ordenanças, fez requerimento ao vigário da vara encomendada da freguesia de Nossa Senhora das Neves da cidade da Paraíba, Dr. José de Aranha, visitador dos sertões do Norte: que, como a primeira capela se achava arruinada, pretendia para melhormente servir adeos erigir nova, e visto como a primeira se achava patrimoniada, pedia licença etc. Foi benta e novamente ereta sete anos depois, já sendo matriz. Daí reedificada por 1789...

– Até hoje, porque é essa a data que lá vi na porta principal.

– Exatamente.

– E com isso fica provado que, nesta localidade, o altar precedeu 59 ao pelourinho, mais de meio século pelo menos, combinado o seu propósito com o que li lá no Poço da Moita nos canhenhos do Padre Costinha...

– Exatamente. O Reverendo Costinha tinha muito gosto pela crônica. Ainda o alcancei. Arengava muito com a irmã, a Dona Anginha, por amor de datas. Ela por seu lado é birrenta como nunca vi.

– Mas é boa alma.

– E a Senhora Dona Guidinha? Que coração! Tem um defeitozinho, por amor da educação que o pai lhe deu, mas...

– O que eu digo é que acho que meu tio Joaquim fez um casamento magnífico, sem me referir à riqueza dela, que é coisa para mim que não tem apreço.

– Lá isso, não: a pobreza faz preto ao branco. É que o senhor nunca soube o que é ser pobre.

– Eu? Está bem servido!

– Se tivesse passado como eu, quando me ordenei logo, só com uma batina no corpo, algibeira vazia, com irmã e mãe para sustentar... Felizmente Deus me ajudou. Me deram esta freguesia, que sempre rendia alguma coisa, e hoje tenho o meu vintenzinho para as precisões, graças a Maria Santíssima.

Ao despedir-se, o reverendo fez cumprimentos meio rasgados: estimava muito em conhecer ao Secundino, e que se fosse logo naturalizando bom cajazeirense.

– De quatro costados! obtemperou o pernambucano.

II

O parentão cabeludo, o Miguelzinho do Vavaú, ia casar uma filha com um primo. A cerimônia realizava-se na vila, e daí, cavalgata para a casa do noivo, no Fofô, umas cinco léguas do Poço da Moita.

Foi muito sentida a falta de Guidinha, que não viera por estar doente. Coisas de mulheres, ao que dizia o Miguel. E quanto à ausência do Quim:

– Quem é agora que dá pela falta do papéu queimado, gentes?

O Secundino compareceu, achando que se não correspondesse ao convite julgariam que era prova de menos consideração. O Miguelzinho chamou-lhe grandissíssimo veiaco, à boa parte, porque lhe parecia que o rapaz não se dava por achado em meio de tanta matuta pimpona:

– Mas tu cai sempre, jinjibirra! Nem Deus te vale!

Espalhou-se, é o caso, que nessa festa o jovem pernambucano pegou de namoro rijo com a menina Eulália, interessante e mimosa filha do Juiz de Direito, educada na Capital.

A Margarida, quando lho disseram, chegou o beiço ao nariz, fumegou:

– Que está dizendo? Uma lambisgóia daquelas! O Juiz de Direito anda por toda parte amostrando as duas bonecas... Podera! Encontra um nenê como o Secundino... Menino há de gostar de vadiar com boneca...

– Menino de vinte e seis anos, Guidinha! -exclamou o marido.

– Só vendo... A Eulália! Ora, senhores, a Senhora Dona Eulália!

– Que tem isso? Homem! Que quer você dizer? São as meninas mais aquele que há por estes sertões. Sabem vestir, sabem conversar, pronunciam bem o português, sabem pisar...

– Ora, bravos! Muito bem, Senhor Major! Sabem... Sabem... Nem tem destões de dote cada uma! Umas retirantes!

O modo e o sentido insultuoso com que a mulher pronunciou a expressão retirantes foram avisos ao Quim a que não prosseguisse. Ouvira algumas vezes essa palavra, à má parte, a ele dirigida por ser de outra província. A perversidade humana, implacável, cria dessas injustiças. Retirante se tornou por isso maldita, como se a miséria casual por que uma vez na vida passou um indivíduo lhe impregnasse o moral do repelente aspecto da mulambeira e da magreza faminta. E, daí, retirante a qualquer que sendo de um lugar mudou para outro em tempo de seca. E daqui, ainda, quando se quer mesmo insultar a qualquer estranho.

– O senhor seu avô por acaso não seria um retirante, vino de Portugal? E o senhor seu trasavô também um retirante, que se retirou, fazendo ponto no Ceará, no tempo da guerra dos holandeses?

– Quer saber de uma coisa? Ponto final! – acudiu a mulher. Proteja o namoro do seu sobrinho, que o fará feliz. Já ouviu? Se eu me calasse, aposto que você diria que eu não choro pelos seus.

– Eu não protejo namoro de ninguém, Guidinha. Você é que está levantando isso!

Entretanto, por milagre não sei de quem, Margarida estava uma excelente esposa, como não o fora ainda. Sem o marido dar por ela, fazia mesmo o sacrificiozinho de algumas embirrâncias do seu natural rixoso, conhecida como era por ter um gênio forte de antes quebrar que torcer.

O Secundino fez anos a 30 de abril. Em vez de irem lá à vila, porque não era ali uso arraigado as festas de aniversário, o festejado foi quem veio ao Poço da Moita. Beber umas recordações de família, como ele dizia, bem longe que estava do seu torrão.

Por artes do diabo, a menina Eulália estava no Poço, convidada que fora pela Guidinha para passar com ela umas semanas, no gozo do inverno.

A Margarida reconheceu em poder dela uma pedrinha em forma de coração que o rapaz trouxera um dia, quando voltava do banho. Pediu-lha:

– Para que você quer esta pedra, Lalinha? Me dê para mandar a uma amiga da Capital.

– Eu?... Isto me deram! -respondeu com entusiasmo a Eulália.

– Então lhe merece muito apreço, não é?

– Muito, D. Guidinha! Não há dinheiro que pague!

– É como se fosse um brilhante?

– Mais!

– É...

A ingênua donzela, em filial confidência:

– É como se fosse um coração de carne, vivo, cheinho de amor!

– Tolice! replicou a Margarida, sufocando um sentimento inconfessável.

O Major esforçou-se para fazer ao sobrinho uma festazinha regular. Matou-se matotagem, convidou-se, dançou-se ao som de rabeca e viola. A Margarida com seu exagero, despejou um copo de vinho na cabeça de um convidado que não queria beber mais. Compareceu um velho ferreiro, dizendo de décimas e brejeirices, que fez boa súcia. Caçoando, caçoando, o brinquedo foi até o dia seguinte, ao quebrar das barras. Então foram-se retirando os matutos, em corridas e gritarias por aqueles matagais.

O Secundino, afeito a exacerbações semelhantes na vida da praça, estava cada vez mais lesto ao declinar do pagode, à medida que aqueles sertanejos hercúlcos, nascidos e criados no rigoroso trabalho, se desmoralizavam como os bebês e as aves à hora do berço e do poleiro. Uma agradável palidez clareou-lhe a fisionomia encandeada pelos grandes olhos castanhos.

Os últimos, que ficaram, foram ao banho, de troça. A Guidinha, com as outra mulheres, um pouco mais para baixo, onde o rio era mais ensombrado.

Nada mais, nada menos, o Secundino passou três dias no Poço da Moita. Num deles, à hora em que os pássaros recolhem às grandes árvores com os cantos de que usam alegrar-se nas menores insignificâncias da vida, soou na catinga um grito de acauã, um piado grosso, angustiado, aflitivo como o de uma rã no dente da cobra. A Lalinha, menina da praça, abominava aquele canto horrível da ave de rapina. Tapou os ouvidos e correu às gargalhadas dos circunstantes para esconder-se no interior da vivenda. Sucedia um grito a outro, por uns minutos, eternos, na mesma intensidade, num duro cadenciado, até que se foram desdobrando em outros mais agudos, ã, ã, ã, cauã, ã... Lalinha sentia com aquilo um arrepio íntimo, um vexame, uma gastura como ao conhecido Jesus! Jesus! que é costume lamuriar ao ouvido dos moribundos. Ao soturno pôr do sol, o interminável piado enlutava a paisagem toda, comunicante, contagioso como o assobio da cigarra quando retine pela fulva incandescência estival da catinga, impertinente, atordoante, fresta de sol a queimar o rosto do cansado viandante que está ferrado no sono ao pouso do meio-dia.

O Secundino não sabia bem o que aquilo era, apesar de o ter ouvido, e, a caçoar, os outros responderam:

– É um passo que tem polo sertão, a acauã. Lá na praça não hai disso, hem?

– Ah! Então aquilo é que é o canto da acauã? Tenho lido, tenho lido. É realmente medonha assim de perto. Que agouro! a acauã cantar quando vim festejar os meus anos, hem? -disse ele, rindo para a Margarida. Hem, tia Guidinha?

Margarida teve um sorriso insignificante. Um rapaz daqueles a chamar-lhe tia como se quisesse ir logo erguendo entre as boas liberdades dos sexos diferentes uma barreira de tédio!

Lalinha completou o tempo que prometera passar com a Guida, e tornou para Cajazeiras.

A Guida fez-lhe muitos agrados como se foram ambas donzelas do mesmo tope; e assim confiou-lhe a ingênua menina o sacrossanto mistério de que o Secundino ia pedi-la a papai.

– E papai quer? – interrogou a Guida, em tom de criancice.

– Suponho que sim...

Margarida não pôde dizer mais nada, e torceu a cara para não patentar a chama horrível que lhe subia das entranhas.

– E se papai não quiser... – continuava a menina como a rola que alegremente se atira ao deslumbramento de um muro branco onde encontra a morte.

– Se papai não quiser... Eu com outro não me caso, Dona Guidinha!

III

Estava o Seu Antônio no seu manso, deitado na sua rede, com as pernas passadas e as mãos cruzadas por baixo da cabeça, quando entra o Néu, e diz:

– M'pai saberá Vosmicê que o Silveira chegou esta noite.

O pai olhou-o vivamente:

– E cadê ele? Vendeu os burros todos?

– Não, Sinhô, vendeu um, fugiram dois. Ele está lá cá Seá Dona Guidinha.

– Hum! E o resto dos burros teria voltado? Que galatão, meu Jesus! Vão vê que ela vai achá que o cabra fez muito bom negoço. Disse isto erguendo-se. E o filho: – Num diz, não. M'pai não sabe?

– Não sabe o quê? O jovem vaqueiro olhou se alguém os ouvia, e com uns ares de confidência:

– Apois eu sei. A Sá Carolina me dixe. Me dixe munto contrafeita, hoje quando eu vinha do piero, que o Secundino tinha sido pronunciado sempre, que o Silveira não chegou mais im tempo de jurá cuma testemunha, qui agora só no júri...

– O quê! E ele é criminoso?

– Ora se é!

– Inda mais esta!... Então não há de ser por bonita coisa, visto que ocultaram assim, o qual não fariam se não precisasse fazê mistero, ou polo menos escondê de nóis... E eu vou logo te dizendo: non quero qui tu fale nisso a ninguém. Pur nossa parte não há de sê a disgraça de ninguém, que a Seá Dona Guida pende pra Secundino e Silveira, uviu? Não diga palavra subre esse tanto, a Carolina qui vá rasgá buxo pa outra parte, qui prá cá vem de chouto... Mas cum efeito! Aquele moço tão simpático e agradave! Coitado, qui tiria cometido ele por lá?

– M'pai, aquilo mó de que é mais é um veiacão.

– Pode ser. A gente vê cara...

O vaqueiro foi ao torno, tirou as perneiras, o gibão, o guarda-peito, e seguiu para debaixo de uma latada de ramos que havia no fundo da casinha, a dar-lhes uma passadela de sebo. Fazia um sol quente de oito da manhã, céu limpo. Ouvia-se o baticum dos pilões na vivenda, que era parede-meia, e a conversa do Silveira, muito alta, com os patrões.

De quando em vez um riso lhe vinha de dentro:

– Que bom vendedor de burros! – pensava o vaqueiro. Vendeu um, fugiram dois! Talvez até a onça tivesse comido os dois... Essas onças são uns diabos do Cão, principalmente onça de dois péis. Ah! cabra desgraçado! Ladrão! Se fosse eu, te dava mas era um ensino de mestre!... Mas aquilo sabe onde carnero maia e andorinha dorme. Cabra onzonero! Vigi como o satanaz tá adulando mesmo é pra guarda-costa, xujo! Aquilo sabe inté de tologia e filosofia, e já deu fé qui o casau vive uma hora por outa renrém-renrém... E assentou logo: qui hai coisa, é bom escogitá. Aquela Guida também! Aquilo é uma danada, levada da breca, da carepa e da canita, e se ela não fez ainda uma terramote é mó de que Su Majó tem oração forte consigo...

E assim ia o vaqueiro ancião pensando alto, a esfregar automaticamente o sebo no couro da veste endurecida pela chuva:

– Diabo deste liforme tá ficando veio... Eu vi logo quando o cabra chegou o muito do impenho que ele tomou in aprecatá a sorte dos dono das terra, acabando com aquela cabeça de cupim da cumieira da casa de morada, praque diz que cupim na casa é azá pra o dono. Bajulação só! Tás bebo, canhoto! Mais a mim tu non m'ingana, não, qui não cumi pato in tempo de piqueno. Vai prá lá cas tuas histora de sobrosso e donzela incantada!

Dias depois houve samba na maloca dos Silveiras, e o Seu Antônio foi com os seus, para não refugar o convite. Não dava o seu direito a ninguém, dizia. Os cunhados do Silveira, Manuel dos Santos e Anacleto, já haviam concluído suas casinhas por modo que estava aquele ponto uma aldeola deles. Naiú tinha ido à vila apresentar ao Secundino a triste notícia da sua pronúncia, no seguinte bilhete, que o rapaz devorou com gana e susto:

Poço, 19 de maio.

Secundino adeus.

Vou lhe dar notícia que o Silveira chegou esta noite trazendo cartas para o Quinquim que você está pronunciado, não esmoreça porque deste lugar ninguém lhe arranca, abaixo de Deus e Nossa Senhora, não vejo esse que se atreva a tentar! Graças a Deus sou filha de pai que sabia honrar a sua palavra e os seus hóspedes por isso pode ficar descansado que quem lhe diz sou eu.

Vai um rol de umas encomendas para você me mandar que é para fazer um agrado à família do Silveira que são uns pardos de muita estimação como sabe. Mande os preços.

Sua parente e cr.ª obr.ª

Margarida Reginaldo de Oliveira Barros

Naiú disse ao Secundino que os Silveiras tal dia iam vadiar. Então o moço pergunta:

– Vai muita caboca?

– Ora, ora, aquilo tudo de roda. Seu Silveira diz que Vosmicê há de i...

– Pois diga que bato lá.

Mandou pedir emprestado um cavalo ao amigo Capitão Chiquinho, que morava no outro correr da praça e era negociante bodegueiro, coletor de rendas públicas, administrador do patrimônio da Matriz, e primeiro suplente do Juiz Municipal.

Todavia, por mais que fizesse, sempre lhe passava ao Secundino, de vez em quando, uma coisa pela vista:

– Diabo... Mas aquela pronúncia!

Certo era como a Guida afirmava: ninguém o agadanharia naquele termo. Porém política era o diabo. O que valia era que quando os caranguejos subissem, ele poderia afoitamente responder júri que o botavam para a rua. Por outro lado, ali onde ele estava quem dava as cartas eram os chimangos, fortemente organizados, para os quais a Guida era trunfo. E no mais o diabo não era tão feio como o pintavam. O presente era bom, o futuro que se amolasse.

Riscou no Poço da Moita no dia do samba, já com escuro, a fogueira começando a arder no terreiro do Silveira, cuja palhoça, com uns lampiões na frente, apresentava uns ares de novena. Efetivamente havia terço antes do samba.

Guida assistiu à reza, o Secundino a seu lado, e ficou para apreciar a função. De joelhos, debruçado sobre um mocho, em olhares e momices, o sobrinho caçoava para ela discretamente daqueles pés de poeira, a fazerem as suas devoções numa cantoria interminável, com latinórios de ladainhas e oremus e um português estropiado, que ele achava burlesco. O terço foi oferecido a Nossa Senhora, em honra de santo mês de Maria, na intenção de Seá Dona Guidinha, que no seu cochicho com a divindade oculta o aplicou a Nossa Senhora do Patrocínio para que tomasse sob a sua proteção o seu sobrinho Secundino, perseguido da justiça. Acabaram cantando o Meu Senhor e amado, rematado com o bendito:

Sois jardim de graça, Virgem gloriosa, Sois do Paraíso A mais linda rosa.

O terço fora encomendado pela Guida, certa que a Nossa Mãe Santíssima houvera de apiedar-se pelas orações de todo aquele povo. Guida tinha muita fé, segundo estava convencida. Falava vivamente ao Secundino, com um desembaraço de expressão como firmando em cada sílaba que ele podia estar descansado, que não era assim, sem mais nada que a justiça dos praianos havia de pôr-lhe as mãos ali naquele sertão, onde o seu nome dela era um talismã.

Secundino não tirava os olhos de cima daquelas matutas que, acanhadas diante dele, ganhavam em tentação.

A função estava custando a principiar. Carolina ralhava com um e com outro que lhe deixasse arrumar o terreiro. Desarmou o altar, uma banquinha encostada do lado de fora, sob a latada, coberta por uma linda colcha, com imagens e quadros por cima, castiçais com mangas de vidro e velas de sebo, que a Guidinha emprestou.

Que gente! Deixassem guardar aquilo, senão se quebrava.

O Silveira recolhia as imagens com um ar sorumbático de celebrante, arrumando-as com os castiçais e a colcha num tabuleiro, que levou lá para dentro.

Minha gente! Deixassem de empaiação, que a Seá Dona Guidinha queria assisti ao divertimento e non havera de está se dilatando inté de menhã: era a exclamação da Carolina, toda solicitudes.

– Cadê lo Secundino?

– Está lá dentro tomando aluá! -responderam.

Sentaram-se os tocadores e os cantadores, aqueles temperando as violas. Guida mandou dar-lhes vinho.

– Que diabo de custo é aquele, meus senhores?

– É coisa pa me abusá só é quando tocadô pega a afiná a viola!

– É porque você não intelige dos arames, camarada.

Até que enfim, executadas diferentes afinações, em cima e embaixo, o da viola de melhor regra fez a postura do baião, entrando em seguida a marcar, com o polegar no bordão, ao passo que com aquele outro dedo passava a pontear um sapateado sereno, encrespado de quando em vez por um trecho vermelho de rasgado. O toque produzia nos circunstantes aquele susto que é sintoma de profundo prazer.

– Chegue, Seu Secundino!

A outra viola enfiou n'o rojão, amarrando o toque, e naquilo seguiram casadinhas que era um regalo.

Zé Tomás, que sentia umas dorezinhas cansadas nos músculos do pescoço, ficara febril. O jeito era descarregar no sapateado. Bateu rente no terreiro, com as mãos para trás, avançou para os tocadores, peneirando, pé atrás, recuou, pé atrás, pé adiante, pisou duro, estirou os braços para a frente com a cabeça curvada, e, estalando as castanholas dos seus dedos rijos, fez uma roda de galo que arrasta a asa e atirou na Carolina.

– Abre a roda! gritou o Secundino.

– Aí, danado! disseram os outros para o Zé Tomás.

– Quero vê, Calu!

A pernambucana saiu, empinada para diante, dando castanholadas para os lados.

– Nada, baião de quatro! – gritou o Torém, saltando em campo e atirando em uma irmã do dono da casa.

Os dois pares fizeram os seus volteados, trocaram as damas uma pela outra, e repetiram as mesmas figuras. Ficaram depois as damas, que atiraram em outros homens.

Já os outros cantadores haviam entrado no desafio, que o Secundino reclamava não poder bem apreciar.

– Neste fordunço, a cantoria se perde quase toda! -fez-lhe ver o Silveira. Eu não gostei nunca de cantá im samba pro mó disso mesmo. No pinho, outro galo me cantava, eu decidia cá a meu gosto. Mas também, a bem dizê, só aprecio hoje im dia baião de ponta de unha, bem explicado na regra, como eu cá sei. Home!

Essa fonção de samba só mesmo pa quem qué se metê na vadiação...

– Viu o seu primo como é dançador? – dizia a Guida para o Secundino, referindo-se ao Zé Tomás.

Estavam em pé nos bancos, para ver melhor.

– Vi! Aquilo é um bom copo! – respondeu o outro. Não sei onde o meu tio foi arranjar aquela parelha. Olhe que também o tal de meu primo André Virino...

– Mas são bons rapazes, menino. Que tem lá isso? O pai é que é ruim para eles.

A mulher do Silveira não enjeitava partido, muito ancha e pimpona. Quando dançava, via-se-lhe a saia tremer sobre os quadris, ao ritmo das violas, que acompanhava às vezes na boca: pcht, pcht, pcht, pcht...

Os cantadores largavam a goela no mundo, impregnando no verso a volúpia do baião:

Todo branco quer ser rico, Todo mulato é pimpão, Todo cabra é feiticeiro, Todo caboclo é ladrão. Viva Seá Dona Guidinha, Senhora deste sertão.

Prolongavam muito determinadas sílabas num misto de canto e de aboiado, principalmente a final do último verso. Às vezes a modulação parecia ir com aquele pinotear cadenciado do rojão:

O fogo nasce da lenha, A lenha nasce do chão; O amor nasce dos olhos, O afeto do coração; A ira vem de repente, Mais a raiva vem do Cão; A amizade vem da estima, Do fervor a gratidão; O home dá valimento, Mas só Deus dá salvação...

Menina, dá-me teus braços, Que eu te dou meu coração! Todo letrado é ladino, Todo frade é mandrião... Viva Senhor Secundino, Pessoa de estimação!

– Estão louvando a Vosmicês, tão vendo? – Bote sentido! – Mas é uma zoada de seiscentos, muita coisa se perde! -reclamou o Secundino.

Cada vez que boto os olhos Para a banda onde morais, Suspiros rompem do peito, Sodades cada vez mais!

Se você vié de basto, Eu entro de sota e ais: Tando cas carta na mão, Nem mesmo o cão farrabrais Me bota terra nos óios, Veiacada ele non fais!

Do Recife é que eu venho, Terra bem longe estais, E me chamo Secundino, Sou galante, sou rapais, Sou rico e sou estimado, No amô sou famanais! Viva Seá Dona Guidinha, Que tudo que eu quero fais!

Que tudo que ele quer fais, Pois é home de valia; São chita da mesma peça O sobrinho cumo a tia!

No tempo im que eu te amava, Deus do céu me aparecia, Não ia pra terra longe, Na cegueira im que vivia Oh! meu Deus, naquele mundo Como triste ficaria O coração da donzela Que só por ele batia! E viva Seu Secundino Com toda sua famia...

Com toda sua famia No reino do céu se veja: Quando a hora for chegada, Nossa Senhora o proteja.

– Está bom! A coisa vai passando a lamúria... Os cantadores continuavam na louvação. Carolina vem, e atira no Secundino.

–Não pode arrecusá! Não faça desfeita! A outra, que era a Mercês de Seu Antônio, atirou no Silveira. Secundino estava demorando por denguice, que isso lá de cara-de-pau ele a tinha bastante.

– Vom'bora, home! Deixe de custo que as muié tão esperando pur nós. Saiu enfim Secundino, debaixo de um ah! de geral satisfação.

Ao mesmo tempo os cantadores cantavam:

Vosmicê me chama feia, Eu não sou da tua caste; Mais vale uma firme feia Que uma bonita farsa! Não quero home de saia, Não quero mulhé de cauça: Venha cá, Seu Secundino, Meta logo a mão na massa!

Vou-m'imbora, vou-m'imbora, Prô sertão do Pioí, Vou buscar Fulores Bela Pra casá cum Bugari. Venha cá, Seu Secundino, Dance no samba daqui, Que estes caboco são pobe, Mas têm honra consigo.

Mas têm honra consigo, E toitiço no cupim, Só não são da cor de leite E nem da cor de alfenim: Quando dizem: Não! tá dito, Não trocam, não, pelo Sim, Nem mesmo cabra chamurro, Nem mesmo caboco ruim. E viva o Seu Secundino, Que tem boca de rubim E tá dançando na roda... Faz gosto dançar assim!

Secundino realmente gingava em regra, com o passo muito certo e um belo ar petulante e pachola. Carolina toda se derretia. Ele começava a ficar sensualmente excitado por aqueles movimentos vivos da saia dela, da cintura para baixo, que se repetiam com umas ondulações voluptuosas de labareda. A Mercês, mulher de Seu Antônio, dançava com certo acanhamento, mais obrigada pelo marido. Era como por cumprir um dever. Porém de suas faces coradas, dos seus olhos voltados constantemente para o chão, daquela mesma repugnância que não podia negar, medrava um chiste, a tentação da esquivança. Depois ficaram os dois homens, que atiraram em duas raparigas donzelas, cunhãzinhas do Itambé. Guida tinha o olho grelado para o Secundino que estava muito despachado e saído. O baião serenava num peneirado miudinho:

Dez vez dez – eu tenho dito, In vinte – de ti falá, In trinta – t'espero intão, In quarenta – te lográ. Uma vez um – tou falando, Duas vez dois – tou dizendo, Três vez três – tou assentando, Quatro vez quatro – sabendo, Cinco vez cinco – entendendo, Seis vez seis – me certifico, Sete vez sete – bonito! Oito vez oito – zombando, Nove vez nove – notando, Dez vez dez – eu tenho dito.

In onze – fiquei cativo, In doze – do teu amô,

In treze – por teu rigô, In quatorze – ressintido, In quinze – fiquei perdido, In dezesseis – no lugá, In dezessete – a cuidá In dezoito – que te tinha In dizanove – vidinha! In vinte – pra ti falá.

In vinte e um – amor senti, In vinte e dois – não me falta, In vinte e três dei por ti In vinte e quatro – um intento In vinte e cinco – sustento, In vinte e seis – coração, In vinte e sete – a questão In vinte e oito – do amô, In vinte e nove–sem dô, In trinta – t'espero antão.

In trinta e um – considero In trinta e dois – qu'é de sê, In trinta e três – fiz sabê In trinta e quatro – te quero, In trinta e cinco – t'espero, In trinta e seis – expilico, In trinta e sete – vou dá In trinta e oito – a firmeza, In trinta e nove -é nobreza In quarenta – te lográ.

O Seu Antônio reparava no dançado chaboqueiro do Silveira, e resmungava lá com o seu chapéu de couro:

– Olhe o cabra de topete caído cuma crista de galo véio, mal entonado im casaco de brim, que só se fez pra gente branca! Só assim o quenga largava os mulambo... Co dinheiro alheio!

Secundino e Silveira acabaram a sua parte. As violas romperam num baião vermelho, estabanado, de cavar chão, e Carolina trouxe vinho numa tigela para os cantadores, que Seá Dona Guidinha mandava.

Isto não é saborá, É méu já purificado, Por Seá Guidinha mandado Mode os cantadô cantá.

Mode os cantadô cantá, Na minha terra isto é vinho, Banha nunca foi toicinho, Isto não é saborá.

Inhame não é croá, Isto não é méu de abeia, Mas é de uva vermeia Do Reino de Portugá, Mode os cantadô cantá... Só falta é pão para a ceia!

Ora, sou muito obrigado; Seá Cumade Carolina Leve os agardecimento À Seá Dona Guidinha.

À Seá Dona Guidinha, Rainha deste lugá, Prenda do meu coração, Sinhora do Ciará, Que quanto mais dé do seu Mais Deus lhe dê para dá.

Cessado o toque, passado um pouco, a fim de retemperar as violas, os tocadores se afastaram do mexe-mexe para o ouvido lhes poder melhor regular a afinação. A fogueira ardia, clareando o terreiro todo e de vez em quando ateada pelos donos do brinquedo. Carolina e as cunhadas distribuíam aluá em cuias, e aguardente em xícaras; mas havia dois copos da fazenda para as pessoas de certa ordem. Guida estava assentada perto da fogueira; serviam-na de aluá, bem como ao Secundino, a quem a Carolina perguntou de sopetão:

– Menino, diz que você qué pedi moça? Menino, deixe-se disso, você não conhece ainda o trivial do casamento... Tome meu conselho!

– Seria bonito – desdenhou a Guida – realmente, em suas condições, você casar agora.

– São aleives, tia Guidinha... Não se pode gostar de gente do outro sexo, vão logo maldando. Coisas de aldeia.

– É mesmo! – confirmou a tia, cujo porte se desenhava vivamente iluminado. Tinha os ombros cobertos por um xale de casimira bordado de ramalhetes com flores vermelhas. Seus braços meio nus, com pulseiras de ouro liso, a sair das mangas curtas, ora no gesto que acompanha a palavra, ora conchegando o xale, endireitando a saia, ora em natural descanso, tinha a provocação ácida e cheirosa de certas frutas. Ela usava essência de rosas, que trazia em um frasquinho pequenininho de cristal, atado ao pescoço com uma fita. Secundino tinha a carne aquecida pelo dançado de há pouco. A tia olhava-o profundamente. Depois, queixou-se de aborrecimento e o convidou para levá-la a casa. Secundino apanhou um tição.

– Não precisa tição... Se me virem não me deixam ir à vontade. Já estão bastante pesados...

O moço acendeu um charuto, e restituiu o tição à fogueira.

Os dois, pela vereda, sumiram-se no escuro.

Livro terceiro

I

Dois dias depois, o Major Quim teve de ir ao Padre João Franco, chefe do partido. A Guida fizera ver a necessidade de escrever-se aos correligionários de Mossoró no sentido de embaraçarem a expedição de mandado de prisão contra o Secundino. Bem sabia que, mesmo em vindo, o mandado não se cumpria porque eles não queriam; mas em todo caso não se devia tentar a Deus, que diz: Faze, que eu te ajudarei.

– O Padre já sabe de alguma coisa? – perguntou o marido.

Ela supunha que não. Ele que o pusesse a par; não havia nisso nenhuma inconveniência. E, depois, mais dia, menos dia, tudo havia de andar de boca em boca, e ninguém podia arrolhar os outros, porque abelhudos não faltavam.

O Quim largou-se com a exposição na ponta da língua. Na verdade a Guidinha tinha razão. E, pronto o cavalo, montou e foi para a vila.

A Guida manifestava, naqueles dias, um semblante radioso. Não pegava numa agulha. O seu gosto era andar pelo quintal e pelo cercado. E, logo em maio! O império do aroma e da cor, das formas delicadas e dos segredos do pólen, a idade núbil daquele infinito de flores, que marejavam, que fervilhavam, que titilavam, palpitava por toda a parte, nos matagais, na relva, no pasto, onde quer que houvesse uma folha.

Olhava para o Norte, onde, ao longe, bóia vermelha em mar de verdura, um telhado indicava o caminho da vila. Ali ficava o Arão com a sua vendinha de beira de estrada. Aquele Arão era um tagarela.

Para além, para além, verde e verde; e, por cima, o anil do firmamento, ainda toldado uma vez por outra.

Já não era aquele abril que fora o mês de chuvas mil, tudo só verdura, sem flores, sem o buço da puberdade, mês da despreocupação e imperícia da meninice nos garrotes e nos rebentos. Era maio agora, despejando a cornucópia dos germes.

A Guida agora por qualquer coisa mandava à vila. Fossem dizer ao Secundino isto assim e assim, que comprasse isto e aquilo, que arranjasse aquilo outro...

O Seu Antônio já andava dizendo que o Silveira tava virando lançadeira, de tanto ir e vir:

– Bem ele o diz qui ninguém firme a vista pra sapo, mode magnitismo! – rosnava o vaqueiro. Artes do Cão! Apois o diabo não diz que um dia um sapo magnitizou a muié no açude e qui a muié caiu pra trás? Ah! cabra, tu é mesmo mais é um cururu dos infernos! Ainda bem qui tu diz qui quem matá sapo mate bem morto, porque senão o sapo vai secando e a gente também... Haverá de te dá o bicho da itiriça! Diabo que te mate, língua de briba! Mais quem fô neném que s'ingane cuntigo: pelos picos se vê a altura do monte. Este diabo come a pobe da Seá Dona Guidinha por um pé!

Assim murmurava constantemente o vaqueiro.

Um dia por outro o Silveira entrava em sua palhoça com embrulhos debaixo do braço, ou caixas, que trazia da loja do Secundino, onde tinha ordem franca:

– Seá Dona Guidinha tá acabando ca loja do moço! – dizia ele para a Carolina. Por aqui não hai mais ninguém nu e nem com fome. Assim é qui é vê-se uma Senhora de benção. Deus Nosso Sinhô é de concedê tudo qu'ela deseja!

– Mas entonce eu não dizia? Meu veio, a pinta do ôio dela non m'imganava!

E a Carolina, de cócoras cercada da filharada, desatava os embrulhos. E olha lá que exclamações de alegria, umas sobre as outras!

– Home! Chega vem de um tudo!

E o que o Silveira contava do Secundino à Guida, quando, enfiado num mulambudo palitozão preto, de terceira mão, que usava por amor dos bolsos, com a camisa por de fora da ceroula de algodãozinho, chegava de surrão às costas! Que engendrações magníficas! A ama o escutava esqueixelada, a olhar como providencial a presença do cabra, que exclamava, largando no fundo do chapéu de couro a masca de fumo e soltando uma cusparada na parede:

– Seá Dona, essas gentes do seu Major Quim, qui nós lá chamava Damião, é toda naquela toada. Vosmicê vê? Aquele moço nom é de teoregas nem de intifas. Grande pessoa delicada! Bondade acuou ali. Quem vê ele assim sacudido, há de pensá que ele é terronantes... Non vê! Non conheço moço mais moderno, de respeito e capacidade, im tão boa hora diga...

A confidência atrai como o enredo afasta.

O cabra havia tomado conta da vaqueirice das bestas, como lhe tinha prometido a matrona, não sem protesto do Seu Antônio, que, em todo caso, não consentia de modo nenhum que ele cuidasse dos cavalos da fábrica.

De quando em vez apareciam poldrinhos com bicheira:

– M'pai, observava o Néu, aquele home non dá conta dos animais, Inhor, não. Só qué curá no rasto...

– Deixa isso de mão, home! Todo tempo não é um.

Em um daqueles dias estavam uns urubus peneirando muito para os lados do Serrote:

– Que é aquilo, Seu Antônio? -perguntou a Guida.

– Aquilo? Não é nada, Inhora, não. É uma besta morta.

– É da fazenda?

– Saberá Vosmicê que eu não sei. O Seu Silveira é quem deve sabê...

– Pois, Seu Antônio, o senhor está dizendo que aquela carniça é uma besta morta e não sabe o ferro que tem, nem o pêlo, nem nada?

– Eu, cumade? Primita qui lhe diga qui non meto a mão na seara alheia. Quando fô gado ou criação, ou animais da fábrica, é cumigo, mais porém...

– A que vem isto?

– A que vem isto? É que Seu Silveira quase se pegou co Néu mó de a bichera de um puldrinho, e dixe qui deixasse morrê tudo qui ele é que dava conta, e eu cá não tive mais porém pra dizê.

– Naturalmente o Néu fez-lhe algum desaforo...

O velho retraiu-se, engolindo a resposta que devia dar. Depois, com respeitosa amargura:

– Minha cumade, o tempo vinga o tempo. Meu pai foi vaqueiro do pais de Vossa Mercê, e viverum sempre de bom acordo, in roda de muitos anos. Eu ainda servi cum o pai de Vossa Mercê. Gente de Antônio Moreira da Silva nunca faltou com respeito nem a nego véio cativo.

– Uma vez é a primeira.

– Vossa Mercê me perdoe, mais eu sou mais véio que Vossa Mercê, lhe carreguei nestes braços e ajudei a conduzi a rede que levou à sepultura o corpo da defunta sua mãe, que Deus tenha em bom lugá. O Seu Silveira é um mau achado que Vancê fez, licença pra lhi dizê. No dia in que ele amanhece ca veia de nego d'Angola atravessada na garganta é capais de precipitá um cristão... O home non se ocupa im nada, infalive há de dá pra algua coisa!

– Quem é que não se ocupa em nada?

– Quem faz tudo são os cunhado dele. Ele faz às veis algum servicinho, por galantaria.

– Está bom, Compadre, quer saber de uma coisa curta e certa? Cada macaco em seu galho! – e entrou, com a mostarda no nariz.

– Sim, Senhora! finalizou o vaqueiro, alteando a voz – mas foi a Senhora quem puxou, que este cá sempre teve insino pra conhecê o seu lugá.

II

A matriz tinha sido bassourada por um caiamento desinfetante por amor das sepulturas que aí se faziam, pois, naquela era, defunto ainda era objeto de estima e de terços.

Chegara a quadra das trezenas do padroeiro, o glorioso Santo Antônio,

Que em Lisboa, França e Itália Deu a luz mais rutilante... e Orago adotado pelo Alferes Antônio Manuel, o doador do patrimônio.

Junho recebera de maio um tempo lindíssimo. Era uma festa muito arrojada. A Guida, noitária de arromba, ia passá-la na vila.

Logo pela madrugada, música em alvorada no patamar da igreja. A pastoral orquestra se compunha de um clarinete, uma trompa, um pistom, um baixo, os pratos, o bombo, e foguetes. Nada mais poeticamente sáfaro, expresso para acordar até às pedras daquelas paragens, onde poesia pimpa nos chifres da vaca enramados de festões das moitas, e amor, no bodejo do chibo e no focinho do novilho pai.

Todas as noites, uma bandeira, a dos noitários do dia seguinte. E, no dia da festa, eram ligados entre si por arcadas de catolé (ideia do Secundino, de que o poviléu caçoava, dizendo que foia de pé de pau, só pra sítio de Judas) os treze mastros em cujo topo o Santo Antônio multiplicado todo se rebolava no madapolão.

Bailes e mais bailes. Criara-se um clube, à imitação do da Capital. Justo contentamento para a Lalinha. Só a sanção social da dança poderia entregá-la de seu ao braço do cavalariano tão ebriamente arrochado pela tirana do Poço da Moita.

Lalinha queria fazer pouco nessa rivalidade, de que já desconfiava, e que era a de uma impedida que tinha já o seu dono com as bênção do Padre; e o fazia, mas temia. Para o amor que vem de dentro não se disputa simplesmente a mão, porém a carne toda e todo o ser.

O espírito do mancebo ela o possuía, isto é, tinha o seu dividendozinho também. Mas espírito o que é? Uma angústia de mais.

O clube estava em antigo prédio construído no século passado, pelo referido Antonio Manuel umas paredes de enorme tijolo a tição, cada porta a seu modo, de aroeiras seculares, inteiriças, como se fora para uma cadeia ou para um forte. O caiamento sempre muito eivado, porque para reboco amassaram um pouco desse barro salitroso, chamado salão. Um paraíso para a Lalinha aquele palácio que o Secundino, se não fora o momentâneo acelero de sensualidades, incluiria no número dos pardieiros.

Guidinha em todos os bailes.

Pelo meio da festa, o Quinquim, gigantesco de gordura, queimando a quadrilha pra variar, como chalaçava o sobrinho, que era um marcante espalhafatoso de bons dizeres e muita chufa.

– Alavantu! – gritava este, espremendo a mãozinha da Lalá.

– Gram chene simples... duble balancê! Mão direita!

A Lalinha em não sendo seu par, ele abusava do changez de dames e do promenade.

Os matutos não eram bastante useiros nas figuradas, que até levavam à boa conta. Diz-se que, na festa do ano anterior, um deles chegou-se a um cavaleiro com quem uma sua filha estava estropiando uma polca, e lhe disse formalmente:

– Desgrude-se, moço! – e como foi grande o pasmo, foi muita a aprovação do ato moralizador e isolador.

O Secundino babava-se por gozar de uma habanera com a Lalinha. Mas o olho desvairado da Guidinha do Poço!

Chegou o dia da missa cantada, 13 de junho. A dança, na véspera, esteve de papoco: ainda pelas cinco horas da manhã o trombone espirrava para a rua os jactos do acompanhamento, como derradeira brasa matutina das fogueiras.

Lalinha – nem como coisa, nem um resquício de fadiga. Estava realmente sedutora a sua fisionomia inflamada de prazer, e ela, toda garbo e donaire, toda movimentos espontâneos e riso provocante. Só fez mudar de roupa, enfiando um vestido de chitinha desbotada, e afrouxar os cabelos; e lá correu com as outras ao banho, nos poços do rio.

Não houvera orvalho: tempo a secar. No céu de junho, nimbos passageiros entremeados de sopros de vento e o azul ainda enxambreado com poeiragem de vapores.

Iam elas pela vereda. Aqui pedrouços, ali moitas de jerimatais e mofumbo, adiante a areia grossa do rio, que rangia sob o calçado. Guidinha com os seus tamancos, o seu olhar pequeno, a sua vitalidade a desafiar os anos, mais jovem que a juventude, uma criatura que na vida não houvera sentido nem uma dor de calos, deixava a Lalá ir-se ficando atrás. Ia quebrando as folhas das moitas.

Rio abaixo, ouvia-se a algazarra dos homens, em outro poço. E a cada grito, a Lalinha entendia reconhecer o Secundino.

O alarido cintilante da passarada por todas as moitas, por todo o bosque, era como se cantassem as próprias folhas e grelos. Sua alma ia boiando naquela inundação de arrulhos, de trinados, de piados, de chilreios. O que fora maio para as flores, era junho para o passaredo.

Subia uma ribanceira, lá do outro lado, metida na sombra de uns pés de umari, pelo sulco do caminho, um grupo de homens com o espetáculo de uma diligência policial. A Guida, querendo saber por força o que isso era, mandou a preta Luísa, que saiu gingando pela areia fora, e sumiu-se entre uns cercados de vazantes. A mancha branca do troço de sertanejos, avermelhada pelos chapéus de couro, reapareceu um instante no tombador, e se acabou.

O grito estrídulo, monótono e quente da seriema, como a clamar pelo seco, pelo árido, pelo sol, que já rompia o cinzeiro do horizonte, lamuriava nos confins das catingas. A vegetação que acompanhava o leito do rio era de um belo verde-escuro.

Chegaram elas ao poço, enorme tanque natural cavoucado pela torrente como que no espinhaço de uma montanha subterrânea, que as águas descobriam dia a dia. Volitavam os maçaricos, zunindo com a asa. Um corrupião, com o seu traje vermelho-fogo e preto-carvão, pilheriava o seu assobio sonoro de dentro de um fechado de ingazeiras, onde um punhado de belos anuns azuis-ferretes produzia uma ebulição de chiados, de garganteios.

Atirados os vestidos por cima das pedras, as mulheres caíam na água, uma por uma.

As ondas, umas após outra, para um lado faziam tremer os ramos pendentes das moitas, para outro se desmanchavam na praiazinha de areia, levemente esverdeada de musgos.

Tomaram um banho prolongado como usam sempre mulheres em troça, batendo muito na água e fazendo algazarra.

De volta, passaram pela casa da Aninha Balaio, uma casa de taipa coberta de telha, pousada em um calombo, à beira da estrada real, com uma ampla latada para rancho de camboeiros.

Foram invadindo a morada:

– Sinh'Aninha!...

– Sinh'Aninha Balaio!...

– Sinh'Aninha Cesto! Açafate! Caçoá!

– Sinh'Aninha Panacum!

– Sinh'Aninha Grajau!...

– Ó mulher!

E toca risadaria.

Sinh'Aninha apresentou-se de cabeção, com a sua saia nova e muitos rapapés e mesuras:

– Senhoras sejam desta casa, minhas donas! Aqui está a serva de Vosmecês...

– Tem cachaça? -disse uma gaiata.

– E mocororó? -disse outra.

– Cada qual interra seu pai como pode... Desculpem o meu falar! – continuou ela com ar de riso, exalando um indiscreto fartum de aguardente.

– Com Deus adiante, o nosso brinquedo acabou-se em paz, graça ao Senhor Santo. Aqui nesta casa non houve baruio, com Deus adiante... Xentes! Olhe ali a Seá Dona Guidinha, a fulô desta redondeza!...

E por aí além, sempre com Deus adiante, ria e falava, toda agachamentos e meneios como se estivera ainda a bater castanholas na roda.

As meninas entraram a puxar por ela, prodigalizando gargalhadas à custa do alegrão da boa vendeira e conhecidíssima rancheira.

– Meu bem, se assente, Guidinha! Eu chamo ela Guidinha... Ora! ora! a Guidinha do Capitão-Mó, que eu conheci pequenina! Ora, mamando! Você ainda se alembra do meu lençol, que você queimou cas outras com traque de São João, menina? Isto é que foi menina encapetada...

– Com Deus adiante – disse a Lalinha, a rir de estar ela a chamar menina à Guida – com Deus adiante, nós dé cadeiras... – Não hai, home! Cadeira não hai, hai mocho. Duas cadeirinha que eu tive os camboieiros quebrarum. Hai mocho... Trouxe com efeito assentos de pau. A Guida queria ali esperar pela escrava Luísa, para ter logo notícia do que o barulho foi.

A Aninha Balaio daí fez uma ausência, lá para dentro, como se fora dormir sem mais cerimônias. Quando apareceu, foi com cinco xícaras de café fumegante, dispostas em uma velha bandeja enferrujada, mas esfregada:

– Não arreparem, minhas donas! – dizia muito espigaitada. A loicinha é véia, mas porém o café é bem torrado... Ninguém torra como esta véia, e a rapadura é boa, do Cariri...

Cobriram-na de aplausos. Ninguém melhor que o sertanejo pobre sabe agradar a tempo e a propósito.

Com pouca demora apontava de novo, lá ao longe, na ribanceira, mas de frente, o magote de homens seguidos por um a cavalo, empanado de preto, que era a autoridade.

– Não houve rusga no seu samba, não, Sinh'Aninha?

– Em tão boa hora digo: Inhora, não. Não vê logo! Em casa de Ana Constância da Purificação, com Deus adiante, nunca entrou justiça...Com Deus adiante, em boa hora diga!

– Na verdade, você tem condão.

– Eu acho que é pauta...

– Minhas fia! aqui só tem é a porteção de Deus e Maria Santíssima, e do Senhor Santo Antonio, e abaixo de Deus o respeito desta cabra véia que Vosmicês tão vendo... Eu cá não boto água a pinto.

O chão indicava, ainda fresquinho, o ciscado dos sapateadores.

– Foi sambão, hein?

– O nosso brinquedo se acabou cedo ca notícia do baruio que houve da outra banda... Diz que puxaram faca, e foi pau por riba do tempo. Sabe quem passou por aqui se escondendo e me contou? Foi o Naiú, ali da Seá Dona Guidinha...

– Hem? O Naiú!

– Podera não! Levou ua birrada qui fez-lhe um galo na cabeça...

– Aí, negro!

– Vosmicê tem ali um valentão, minha dona. Se não sabia, vá sabendo... É de força!

– O Silveira andava com ele... Teria também se metido no rolo?

– Eu não sei, o moleque non me quis explicá nada... Ia-se escapolindo qui ia desesperado!

As meninas continuaram a prosear com a Aninhas.

Luísa chegou passado um bom pedaço, exagerando muito:

– Foi um baruião, minha Senhora... Mó do Zé Tomais, qui mexeu ca charrua do Chico Mão-Quitola!

– Olhe o Seu José o que andava fazendo! E ele foi preso?

– Inhora, não. A tropa vinha aí atrás... Um vaqueiro da Lagoa levara uma facada no braço... Diz que trovejou foi muito cacete... O tocador da rabeca vinha preso.

E que houvera com o Silveira?

Achava que fora pegado também.

– Veja em que dão as vadiações!

– Pior poderia ser. Não morreu ninguém, graças a Deus.

– Lá vêm eles!

Afinal a escolta assomava no cotovelo do caminho. Vinham três homens com as mãos para trás, amarradas com cordas. Vinham cercados por uns doze cabras de cacete, um sujeito de óculos com cara de defunto, muitos curiosos e uns parentes dos presos.

A um sinal da Guida, a autoridade, que montava um cavalo ruço, fez parar o grupo em frente à latada. O Silveira, que era um dos melros, tentou dar um passo fora do fecha-fecha, mas os guardas o repeliram:

– Tá bebo, cabra! Você faz-se besta. Você aqui não ginga, não, cabra!

– Cabra, não faça ação! ameaçava o outro.

Aqui o prisioneiro ergue a cabeça, empina-se e grita:

– Valha-me, Seá Dona Guidinha do Poço!

Era a voz do pobre Silveira, minha gente!

Com esta invocação fatídica, em uns manifestou-se um sentimento de piedade, em outros de indignação.

Todos conheciam que a intercessão de Seá Dona Guidinha era tiro e queda.

– Estás desarmada, Justiça! – murmurou consigo o subdelegado.

– Esta mulher é terrível. Não vejo na vila que lhe resista.

Uma voz, dentre os policiais, chicanava para o preso:

– Camarada, pegue-se com Deus que é santo veio!

As meninas olhavam para a turba com um ar de espanto e receio. A Ana Balaio, entretanto, muito solícita, abeirava-se até ao subdelegado, arrastando os tamancos no cascalho duro do solo, e o intimava que a Dona Guidinha estava chamando o Seu Cosme. A autoridade já ia obedecendo ao simples gesto da matrona. Ninguém sabia desatender à prestantíssima herdeira do Capitão-Mor.

– Compadre, que é isso? – disse ela para o subdelegado. Solte ao menos o Silveira, que é meu vaqueiro.

– Tá preso prá recruta! – respondeu a autoridade.

– Você não me dirá para que o Rei quer mais gente? Como é que se arranca um pobre dos braços de sua mulher e de seus filhos para mandar de presente para o Rio de Janeiro? Só porque num dia de festa saiu do sério?

O subdelegado ficou calado um pedaço, como a refletir. Depois, sem nada mais acrescentar, disse apenas, num gesto rápido e decidido:

– A comade está servida, louvado Deus.

E o bom matuto foi sair logo ao terreiro e gritar:

– Meus senhores, viva o Senhor Santo Antônio!

– Vivoo!

– Vivoo!

– Viva quem não deixou nunca de acudir aos pobres nas suas precisões e avexames!

– Vovoo!

E voltando-se para o sujeito de óculos, o inspetor de quarteirão, ordenou:

– Cumpade Chico Beleco, solte os home: quem arresponde sou eu.

E foram soltos com a sanção geral. Guida procurou pelo Silveira, mas este havia desaparecido. Foi envergonhado, coitado!

Ana Balaio, durante toda a semana, não teria outro assunto senão o ato da fia do Capitão-Mó.

O sino dava o primeiro toque da missa, com repiques e foguetes. Aninha, sacudindo as saias, exclamava:

– Ai, Zsus! Óia, é missa cantada! Vou já me aprontar...

A Guida ia caminho, entre o seu grupo de moças, ao delicioso sol daquela fresca manhã de junho. Com uma impressão adorante e sensual, as moças caíam os cabelos soltos pela alvura das toalhas abertas sobre os ombros em forma de romeira. Avistava-se, para dentro da vila, o movimento de cavaleiros que chegavam para a missa da festa, que ninguém perdia. No ar azul, estalava a fumacinha escura dos foguetes.

III

Guida almoçou por comprazer, para não afrontar. Vestiu-se com vagar, e pichosamente, com o auxílio de duas escravas e de uma vizinha. E olha lá o balão por aqueles mundos, cintura de formiga, vestidão azul vivo, decote, pafos, babados, oirama ao pescoço, ao peito, nos pulsos, nas orelhas, e na tartaruga de pentes, e mais rubis e diamantes. No cabelo, um coque volumoso, e cachos bilaterais adiante, e a risca ao meio.

Chegaram as outras companheiras, para irem juntas. O Quim se aprontou logo, e se pôs à espera. Já dera a última chamada, grunia ele, e o padre já estava na igreja...

Que se arranjasse, ela já ia. Que abodego, meu Deus! A gente não podia nem se vestir direito! Havia de ir toda assanhada como uma doida?

Com alguma demora, saiu, muito vermelha, até porque havia passado rebique nas maçãs do rosto. O Secundino já estava na igreja, do lado de fora, com os outros de gravata limpa, que se iam ajuntando à sombra do edifício a conversar os assuntos do dia. Guida, ao descer os degraus de casa, logo o foi reconhecendo pelo corpo espigaitado. A praça da matriz, forrada de pasto rasteiro, com os seus pés de cajá, de tamarindo, , alguns sobrados, casas caiadas, sol, dava gosto, alegrada pelos mastros embandeirados das noites da trezena.

Guida caminhou pela vereda, de lenço e rosário na mão. E a seda do seu vestido – fru, fru, fru... Enfrentando ao grupo de homens da terra, que conversavam à porta do lado, todos lhe tiraram o chapéu, fazendo mesura de cabeça. O Quim tomou para o conluio, as pernas abrindo caminho de dentro da roda que fazia o panudo sobrecasaco; a mulher, porém, com as outras, seguiu a entrar pela frente. No patamar os pés de poeira, os de camisa e guarda-peito, os de chinelo ou de sapatão de carnal, os de pequena condição abriram passagem à Senhora Dona Guidinha com umas caras satisfeitas de fiéis súditos.

O corpo da igreja estava cheio. A missa ainda custou. Os homens esperavam na fresca, do lado de fora; alguns, recrutados pelo sacristão, o Mariano Bonfim, entraram a tomar opa. No coro, a interminável afinação dos instrumentos e alguns prelúdios para prova. Acesas todas as luzes, como gado à rama acudiram os homens, e ficou tudo tomado. Veio a irmandade com os brandões, um menino com o missal, um com turíbulo e naveta, e o padre, de casula vistosa de damasco branco.

A irmandade enchia a capela-mor. Tirado o barrete, colocado o cálice, entrou a missa. Ajoelhou tudo. Guida botou na cabeça um lenço de labirinto, dobrado em triângulo, e entrou a desfiar as continhas de ouro de seu rosário.

Ao evangelho, subiu ao púlpito um padre ainda novo, que viera para coadjutor da freguesia, e contou muitas proezas de Santo Antônio. Os do adro e da capela-mor voltaram as costas ao altar, para ver e ouvir. Lá estavam a cara gorda e lisa do Quim, melhor para abade, a caraça queimada e barbuda do Miguelzinho do Mazapão, o rosto pálido e macambúzio do Tomás do Timbó, o Capitão Chiquinho, o Cosme, O Chico Beleco, de palitó escangotado, o Arão da Passagem, os bigodes do Dr. Montezuma, o pince-nez do doutorzinho Rabelo, promotor da Comarca, as suíças do doutorzão Fernandes, juiz municipal, ventas, orelhas, olhos, beiços de toda moda, e ao fundo, em plano superior, a calva morena do celebrante, o Vigário João Franco, serena e lisa como a tonsura do Senhor Santo Antônio.

O Secundino derrengava-se por cima da grade da comunhão, abanando-se com o seu lenço cheiroso, bem penteadinho, bem escovado.

A Lalinha mirava-o. Que sermão, que nada! Ele mirava para ela, e para a Guida, e para o pregador, sem excluir uma lambidela visual de moça em moça bonita. Guida sentia zelos pelo sobrinho grelas para outra que não fosse ela somente, e lhe punha um olho canino. Arengava dentro de si:

– É melhor, Margarida, que tu deixes de abusões. Aquele rapaz é um peralta, pois tu não estás vendo, mulher, com os teus olhos? Tarde chorarás o teu pecado, Margarida. Vê como aquilo se baba com a tal de Lalinha! Pois uma coisa assim merece lá um coração como o teu? E ele nem tem lá essas belezas que julgas! Repara. Espia. Compara aquele todo com o viço dos teus matutos. É farinha de barco, os outros são farinha da terra...

E levou-se a desfazer assim no querido. Raio da divina graça ou verme do ciúme?

Foi longa a missa e acabou com muito sino e foguete, indo os infiéis uns para suas casas, cansados e com sede, outros para a feira, que era grande naquele dia por mó do adjunto de povo.

Por mais que os padres falassem, o povo continuava a fazer feira nos domingos e santificados, reunindo-se ao mesmo tempo à cata das coisas desta vida e da outra. Era na rua tropel de cavaleiros que partiam e de cargas, e vozeria daquela invasão de tabaréus. Já um tirava os sapatos, outro arrumava o filho no meio da carga, aquele enfiava no cabeçote a aselha dos costais. Retiravam-se grupos de homens e mulheres a cavalo, que levavam as raparigas novas à garupa e os meninos sobre o arção da sela.

Guida pôs-se logo à fresca. O sol estava a pino. O Padre João Franco viera almoçar aí, logo depois da missa, porque gostava muito dos quitutes da Maria Velha, escrava e cozinheira da Guida; e, de batina desabotoada, ficou na sala de visitas jogando gamão com o Quim, ao passo que no compartimento contíguo a dona da casa com a moçaria pagodeavam, balançando-se na rede.

O Vigário, depois de levar um cantado, chamou a atenção do amigo para o que lhe havia dito por ocasião de escrever para os chefes conservadores do Rio Grande a respeito do Secundino. Podia garantir que não vinha precatória, mas não ficava bonito, a ele, padre e chefe de partido, que o rapaz, pronunciado por cumplicidade em um crime de morte, vivesse ostensivamente estabelecido em uma vila tão importante.

O Quim concordava. Já havia tratado disso à Guida – referiu.

Qual Guida! replicava o outro. O negócio era de homens, grave e sério. Levasse o rapaz para a fazenda... Ou se ele não quisesse sujeitar a viver assim em casa de outrem, entrega-se-lhe uma fazenda próxima, a Goiabeirinha, por exemplo, onde ele desenvolvesse livremente a sua atividade de moço.

Ele não tinha gosto pelo campo?

O Major achava que sim, e uma vez sendo necessário... Onde não havia, o rei perdia.

Por esse modo Quim ficou certo do negócio, e sem tratar disso com a mulher, infundido pelo Vigário, foi dali mesmo ajustar as coisas com o sobrinho.

IV

Daí, a vida do povoado entrou de novo em pasmaceira. Dona Guida tornou para o Poço da Moita, assim como os demais fazendeiros, cada qual para suas terras. Findou-se, encerrou-se aquele comércio diário, apagou-se a música com as fogueiras e com as velas das trezenas, que além da igreja se faziam nas casas particulares.

Agora, por assim dizer, contava-se quem andava na rua. Apenas, no domingo à tarde, três cavaleiros, sempre os mesmos, esquipando emparelhados, dobrando nos mesmos cantos como o peixe na piscina. Um deles era o Secundino, que, ostentando uma roupinha curta de equitação, ainda das que trouxera do Recife, fazia o cavalo passarinhar todas as vezes debaixo da janela da Lalinha, que se embasbacava com as gauchadas pimponas do namorado.

Fora disso, o mancebo praiano achava Cajazeiras de uma insipidez horrível, como ele mesmo dizia, carregando muito no ível. Chamava-lhe a Terra do Silêncio. Comprazia-se às vezes em chegar à tardinha até aos altos próximos do lugarejo. Nesses pontos a desigualdade do terreno e alguns sobrados, geralmente com os oitões e as frentes bm caiados, lhe apresentavam Cajazeiras risonha e grata, no meio do verde tenuemente calcinado, a ostentar as suas três igrejas bem alvas, uma das quais, a matriz, atalaiava meia légua em derredor.

Ao recolher-se, posto o sol, inebriava-se no ar embalsamado, e o aspirava com o pensamento cheio da imagem da menina Lalá. Cajazeiras cheirava a incenso. A piedade e o misticismo saíam da rocha e da planta, da rês e do vaqueiro, do vale que pede a contrição e do morro que inspira a reza.

À hora de deitar, ouviam-se as cantilenas do terço, que vinham das casas fechadas como se surgissem do próprio solo pela voz da matéria.

Então, ele ficava sentado à porta de sua loja, e só ia dormir depois de ter escutado a voz da menina, do sobrado do pai, a entoar as suas preces da noite.

Seja dito de passagem, todavia, que o Secundino ia já desgostando do seu negócio, quando o Quim o convenceu a passar-se para fazendeiro. Não havia movimento no comércio da localidade. Quem lhe comprou quase tudo foi a guida. A princípio pensou em sortir-se, mas para quê? Imaginava negociar muito, comprar gado, e em breve estar um ricaço casadinho com a Lalá. Mas quem disse!

– Mercado sem normas! – caramunhava ele. – Preços extravagantes, negocinho de beira de estrada, comércio de corda ao pescoço!

E desandava em murmurações contra Cajazeiras.

A última seca e a penúltima, com intervalo de uns três lustros, haviam deixado no lugarejo um cunho de devastação íntima como essas moléstias de que se fica ou morto ou aleijado. Imagine-se que naquele povoado, tão rural e tão bucólico, com quintais murados e plantados, currais de vacas por toda parte, flores hortas, nesse remanso idílico – havia trechos de rua onde duas, três, quatro, cinco casas seguidas, tinham desabado sobre o silêncio misterioso de longos anos de ausência dos seus donos, que a fome desalojara e não voltaram mais. Aqui morou Fulano, ali Sicrano, esta há tantos anos não se abre... Tristes ruínas, desolados destroços do mastigar de duas grandes secas!

O rapaz, em crise de amores, que são tudo construções, achava de péssimo gosto essa afamada poesia das ruínas que lhe infeccionava o coração, dizia, de funeral tristeza.

Miseravelmente aniquiladora era aquela fisionomia escaveirada das habitações abandonadas, contra o suave consolo e a dourada madureza daqueles matos de junho. A casaria habitada e limpa agravava o contraste, era como vivos felizes ao pé de mortos atirados ao monturo.

As ruínas eram múmia, silêncio enigmático, esfinge, arquivo ininteligível das vidas que ali viveram.

Só devia retirar-se de Cajazeiras para meados de agosto, tendo de liquidar os seus negócios.

Mais uma circunstância viera tornar-lhe Cajazeiras insuportável. Bem que o Mariano Bonfim, todas as vezes que o via, entrava a repetir-lhe que terra pequena não era lugar onde se morasse, e que no Ceará, ou bem a Capital ou bem a fazenda; mas o povoado só para ele, Mariano, que era um caipora de sacristão.

Auxiliada pela Aninha Balaio, que era mesmo que nem uma lançadeira, a Guida conseguira incompatibilizar o Secundino com o pai de Lalá -eis o caso:

Foi um escândalo, se é que se pode chamar a cenas que se renovam todos os dias no tacanho convívio de localidades que só lêem as diatribes da imprensa indecorosa das capitais, só adoram os santos de pau pincelados de ouro, só conhecem a Deus pelo latim do vigário, e que não têm noção do trabalho profícuo, do labor inteligente, da superioridade humana, dadas quase unicamente aos menores prezeres que os animais do rebanho e do lote.

A coisa principiou pela conta do juiz, que já ia engrossando talvez um pouco mais apressada do que o natural crescimento do afeto pela filha do devedor. A Balaio fez saber ao ouvido do moço que o doutor caloteara a quase todos na vila, que devia a Fulano de Tal tanto, e a Sicrano de Tal quanto, que os credores faziam que não viam, diz que pruque o home era juiz de dereito...

– Pois cá o degas não precisa de juízes! Sabe? Cá o degas...

Daí vai a Aninha ao doutor: Que o Secundino ia mandar citá-lo, e que haverá de lhe tomar o cavalo lazão.

E bem na orelha do letrado:

– Disse nas minhas ventas que limpava o fioto -com licença da palavra – com diploma de juiz de dereito!

Na sessão do júri, o Secundino não compareceu. Multa em cima, ao passo que outros jurados foram dispensados. Mas ele nem ao menos dera satisfação ao juiz!

A Balaio assegurou ao doutor que o Secundino lhe furtaria a filha. Fez uma narrativa de má fé sobre o passado do mancebo, inventando coisas de sua cabeça. E desde aí passou o homem a implicar seriamente com o rapaz, visto como nem por sonhos cogitara nem cogitaria nunca de confiar a sorte de sua filha a um forasteiro sem eira nem beira. Ameaçado no íntimo, então sim, o doutor começou a tramar surda guerra. O Secundino papocou-lhe na rosca da venta, à propósito de uma questão do Capitão Chiquino sobre o furto de uma besta, que Sua Senhoria se vendera aos Tubibas por uma manta de carne e duas terças de farinha. Foi uma alteração, que se fora entre gentinha, era logo cadeiame velho com ambos, segundo comentou o borracho do negro Catolé, veterano das prisões de correção.

Secundino foi chamado à responsabilidade por injúrias verbais. Mas a Guida, com uma palavra, fez o juiz desistir da ação.

Ah! Em que angústias não se viu o mancebo repartido, bipartido entre o seu ódio e o seu bem-querer! Lalinha vivia triste, cada vez mais simpática, mais alva, com uma suavidade de traços que era todo um segredo de seduções.

Houve uma missa de visita de cova no São Bom Jesus, que ficava num alto, ao entrar do povoado. No fim, os convidados foram espargir água benta. Secundino passou o hissope à Lalinha, e dela recebeu um longo olhar cheio de intenções. Que felicidade! Qual claridade diurna, esse instante, pequenino foco solar, espalhou-se pelo universo criado por aquelas duas fantasias.

Ao sair da ermida, a donzela esteve um pedaço na porta, à espera dos mais. A sua tez ia tão bm com o vidrilho preto! Olhava para o sertão. O sol acordava na terra as primeiras quenturas da estação tórrida. Ao lançante, estendiam-se as corcovas de catingas já pintando.

Para a baixa do rio, a fita de vegetação tornava-se verde-negra. Por toda parte as frondes caducas iam amadurecendo, e as pertinazes, muito raras, preparavam-se para a vida do verão. O umari, do meio das vazantes, suspendia cada vez mais a perene copa como que espartilhada. Um paraíso de pássaros a cantar. Já era por entre o pasto, já era nas cercas, nos pendões de milho, nos oitões erguidos das casas caídas, distantes já, nas grandes árvores sozinhas. Uma infinidade de avezitas, sobretudo, a esfuziar por entre as gramíneas, por entre os capinzais, que se embastiam por todo o terreno como o pelo no couro, uma abundância de rolinhas e quanta espécie de pombas arrulhantes.

No rio, ainda o voo branco da garças e a risadinha constante dos maçaricos.

Aquele amor do Secundino estava no meridiano; e, estrangulada de dor, a moça o viu descer para o ocaso, chegado o dia da partida, caminho do Poço da Moita. Olhava tristemente, dia por dia, para aquelas duas portas mudas, fechadas, da casa onde ele tivera a venda.

Mordia-a a saudade. Mas é um engano querer-se que sejam veementes, vulcânicos, assoberbantes, certos sentimentos. As afeições verdadeiras, legítimas, têm por cunho a brandura, um certo estado crônico; são como uma doença que se sofre em um órgão essencial à vida, mas que não nos perturba essa mesma vida, que não no-la impede, que às vezes parece até não existir, e que só uma vez por outra nos avisa de que estamos minados por ela, sem remédio.

Ninguém pode avaliar o grau de afeição em que tem a outrem. *Amicus certus in re in certa cernitur.* A afeição é como alguns tumores que só doem quando se magoam. Dois irmãos que se tratam com a maior indiferença, se um dia fazem uma viagem, e que um fica e outro volta, que o respondam. Marido e mulher, que vivem aborrecidos um do outro, haja um dia precisão de sair um, e aparecerá candente o sol do afeto, que estava nublado pela convivência.

Outro sinal da afeição é quando posta em evidência pela morte, pela ausência, ou por qualquer motivo, quando em estado agudo, em crise de lágrimas, em aperto de garganta, a criatura tem o seu sentimento pelo mais justo, pelo mais nobre, pelo mais sagrado. É nessas ocasiões em que o homem é verdadeiramente puro, seja ele um celerado. Nesses momentos não tem inimigos, nem aversões, nem rancores, nem ódios, e seria capaz de agraciar ao mundo inteiro. Todo ele é a própria emoção, e nem há lugar para outra coisa. Está inundado. Só se vê através da pureza de suas lágrimas.

Outra característica é a necessidade de esvaziamento: é um açude cheio, que deve sangrar. Transborda. Aí vem o grito, a lamentação, a lamúria, os impropérios, e até a blasfêmia; noutros a confidência; uma certa passividade, porque todo o trabalho de eliminação está sendo feito pelas ideias. Como na embriaguez, nessa crise aguda põe-se ao claro o temperamento, a educação, o caráter, e sobretudo a condição presente da criatura. Um mesmo indivíduo que há anos sairia a correr pela rua, desgrenhado, hoje ficaria inerte, petrificado ou doido de mudez, conforme à modificação que lhe houvessem imprimido as voltas que o mundo dá.

Lalinha era das pessoas que, feridas numa afeição, ficam em certo estado passivo. A explosão é própria dos sentimentos excessivamente fortes, um tanto de superfície; o manso deslizar é das águas profundas e perenes.

Há temperamentos em que é tal a persistência do afeto, que lhes é mister personificá-lo de novo, e assim se explicam alguns esquisitos casamentos de viúvos. É essa teimosia de imagem que faz a gente, ainda por muito tempo, como que não acreditar no desaparecimento de uma pessoa, a cuja morte entretanto assistimos com os nossos olhos.

Lalinha atravessava essa quadra em que os próprios órgãos do corpo humano como que têm paixão pela vida, vegetativamente, entre as primeiras luzes dos sete anos e os primeiros sobressaltos dos vinte. Podia-se dizer, em relação às funções do entendimento, que os seus sentidos eram suspeitos. Tudo choro ou riso. Tudo lhe era gostoso e belo do céu à terra: tudo simpatia.

Idade de incubação de todos os amores, desde a afeição normal até o amor da Pátria, o amor às Letras, à Ciência, à Guerra, à Virtude, ao Vício, e até ao Ódio.

Ao labirinto, com as mãos esquecidas sobre a grade, ela punha-se a olhar, a olhar pela janela para o rumo onde o namorado se sumira pela derradeira vez. Olharia ele para trás? Dissera amá-la tanto! Que esperasse ela, o tempo tinha tempo.

Ao anoitecer, essa escala descendente da luz, solfejo da mãe da lua que fenece no silêncio negro, morre o último canto da graúna, piando o bacurau, ao prelúdio das primeiras estrelas para a serenata de cintilações pela noite adentro, ela rezava, rezava ainda espreitando para aqueles lados; e a qualquer hora do dia, no seu vexame abafado, reparava sempre o mesmo telhado da casa da Aninha Balaio, por onde ele se foi, lá no alto, ora vermelho dorso de peixe, ora imensa onda verde, espumada de inflorescências.

Lalinha vivia da própria seiva, da própria beleza; vivia de desabrochar. Mas a necessidade, demônio onipotente, começara a minar-lhe o ser com as infiltrações do amor, sutis, deliciosas, infernalmente celestiais. A menina vadiava com este sentimento como a criança com um punhal.

V

Do Poço da Moita passava-se, logo ali, o Banabuiú, enfiava-se pela catinga do Jiqui, e, espaço de hora e tanto, se ia bater mesmo na fazenda Goiabeirinha. Esta fora situada por um tio da Guida, que depois vendera ao irmão Capitão-Mor. O Secundino empregou em gados o dinheirinho do apuro, e, com uns cobres mais, que o Major Quim lhe emprestou, estava fazendeiro. Da terra não pagava renda. Chamava-se a isto um pão com dois pedaços. E olha lá! Mandou reforçar o açude, consertar os cercados, bater o pátio e o vaquejador. Não reedificou a vivenda: assim mesmo esconsa tinha o seu quê.

O Seu Antônio serviu-lhe de muito. Indicou-lhe para vaqueiro o Torém, mocetão pichoso e taludo; deu-lhe regras para novo local dos cercados, currais e chiqueiros; e foi mesmo em pessoa fazer aquisição de cavalos de campear. Quanto ao ferro, custaram a convir, passando muito tempo arriscando no chão. O Seu Antônio dizia:

– Vosmecê deve de usá o S c'un rabim na perna de riba e fulô na de baixo. Fica assim... É simpre e non si confunde. Ou si não, ói lá, faça de pé de galinha co S deitado em riba. Fica inté bonito...

– Mas eu queria um ferro engenhoso, assim uma coisa vistosa, pouco usada! -teimava o praieiro.

– Está qui! – voltou o outro.

E riscou vagarosamente no chão o S, com rabinho e flor.

– Ou entonce este!

E tornou a riscar pé de galinha, e balança, com o S deitado.

– Nada disso. Veja este... Um S cortado por uma seta. Não ficaria muito bem?

O vaqueiro olhou atento para a marca desenhada pelo moço, na areia, com o cabo do chicote. Pôs-se de cócoras, passou a mão no pó, desmanchando as garatujas que já tinha feito, alisou, e esboçou com vagar, apagando e traçando de novo, algumas vezes:

– É mió ficá assim... Non queima tanto.

– Mas eu quero o S como eu fiz! E as setas com as barbas e farpas!

– Ah! o S cas cabecinhas, e a frecha co rabo?... Apois está bom.

E concluiu, depois de refletir:

– O gado é de Vosmicê... Se amarra o burro onde o dono manda.

Outra pendenga para acordarem no sinal. Depois de haver o Seu Antônio cortado com a faca umas poucas de folhas de couve, fazendo de conta que eram orelhas, com canzil, mossa redonda, buraco de bala, pé de viado, ponta de lança, ponta troncha, brinco, levada, barbil, forquilha, garfo, mossa quadrada, bico de candeeiro, rabo de piranha, dente, entralhada, e não sei que mais, assentaram em ponta de lança, na orelha direita, com buraco de bala e rabo de piranha, na esquerda.

Todavia estava-se no mês de agosto, gado já solto. Podia-se ir arranjando as coisas com vagar. O que convinha era aproveitar a seca e dar maior capacidade ao açude, serviço de que fez empreitada o André Virino, que levava agora todo o santo dia fazendo carregar terra para o paredão em padiolas de couro de boi, e dando maiores proporções ao sangradouro, que devia ter dois tantos do comprimento da parede, conforme o seu dizer.

E daí nadava o Secundino num gozo. A casa frequentada pelos moradores de em torno, gente prestativa, e ele moço, agradável. Cada um dava suas regras, a que o novo fazendeiro prestava muita atenção, conquanto nem sempre delas tirasse proveito. No seu cavalo, no seu açude, no seu cupiá, à sombra das suas árvores, ao sol que nascia para sua fazenda, imaginação para diante, ali estava o dóia, que era senhor daquilo. E que mais? Passeiozinhos ao Poço, onde, ao serviço paternal do tio Major Quim, beijava a mão da tia Dona Guidinha, figurando-se consigo mesmo um cavaleiro de novelas, arrastando esporas e grandes botas, recebendo a suprema graça de cortejar uma princesa de roqueiros castelos. Mas, costas para o solar do titio, enveredado no caminho da Goiabeirinha, estourava num riso brejeiro e perverso:

– Ca bobo! Ca santo homem!

E toca risada velha, bosque adentro.

E cantava, por lambuge, moderado o passo da alimária, ao cheiro das resinas do mato amadurecido:

Se eu fosse uma rola, Podesse voar...

Acumulavam-se os dias. Entretanto, seu afeto pela menina Lalinha começara a esmorecer. Era esse apego muito parecido com o ar de novidade que envolve a gente quando atravessamos os dias críticos de uma aclimação; a adaptação realizada, já se estabelece a pasmaceira do hábito. Além de que já o bilontra tivera o seu primeiro amor, uma costureira do Recife, à Rua do Queimado. E, escreviam os novelistas do tempo, depois do primeiro amor, todos; mas nenhum exclusivo senão ele, caso viesse de novo a servir.

Seja dito que, com um certo gáudio para o Quim, a Guida arriara ban deira, concordando que o sobrinho dele devia realmente casar com a Lalinha, a quem agora incensava, às ventas do Major, gabando-a e dizendo que era uma moça de cheirar e agradar, que nem parecia gente de praça... Finuras de mulher, que enganou ao Diabo. Quanto à oposição do papai Juiz de Direito, cessaria com a sua intervenção áurea.

Mas o caso é que, espichado na sua rede, depois de andar feitorizando pela fazenda, o Secundino, uma perna por cima da outra, vacilava se com efeito queria bem à valiosa Guida, com quem já até sonhava repetidamente. Esforçava-se por apanhar-lhe a imagem talentuda e curta, sem o conseguir de uma feita. A coisa, porém, era para ser assim mesmo. Uma hora achava-a gorda, uma hora tinha a cara grande, agora tinha o cabelo assanhado, agora tinha isto, agora não tinha aquilo. Um jogar de impressões, certamente pelo abalo mais ou menos fundo que sofria o ser com a assimilação do novo alter ego. Terminou por constituir-se no paciente dessas variantes, um tipo ideado e perfeito. Quem ama o feio, bonito lhe parece.

Por outro lado, a Senhora do Poço da Moita apenas conseguia velar os seus sentimentos. Com efeito, para a Guida, era sua paixão verdadeiramente uma doença. Aqueles dias de agosto, com excelentes manhãs, nubladas e frescas, e o banho nos poços de Banabuiú, o sol ardente do meio-dia, um sol vermelho, e a ventania a embaçar de cinza o azul do horizonte, traduzia-se tudo em ânsias e em modorra, em constante perturbação, talvez mais do corpo que do espírito. Chegava a ter dores de cabeça, assim a modo de defluxo, sem quê nem pra quê. Desordens do estômago, falta de fôlego, e dores na carne e cãibras, com um tédio invencível por todas as coisas e pelo balofo carname do Quinquim. As indiretas da mulata velha Corumba, a confiada, que lhe adivinhava a maganagem, é que lhe davam no goto. Daí, puxar por ela. Que se dizia? Que vira ela? Era melhor que se importassem com as suas ventas. Ninguém se livra do falatório do povo, que anda sempre a cascavilhar na vidinha do próximo.

– Ninguém se livra da inoração do povo, Sinhá! – obtemperava a Corumba.

Por bem ou por mal, foi chegarem fins de setembro e caíram os liberais, com a chamada dissolução de Câmaras. Guida sentiu que os seus iriam ficar debaixo; mas eletrizou-a um raio de satisfação: o Secundino poderia brevemente ir às praias apresentar-se ao júri, porque a gente dele, que era conservadora, o punha na rua.

Escreveu-se para lá. Responderam que o Secundino aguardasse aviso. Insistiu-se. Por fim, já em fevereiro do ano seguinte, mandaram dizer que ele fosse para livrar-se na sessão judiciária de abril.

Derrubada velha, por toda parte. Voou o coletor provincial, e coletor geral, o agente do Correio. Voaram o delegado de polícia e os subdelegados com os respectivos suplentes, os inspetores de quarteirão, os escrivães das coletorias, o promotor público da Comarca, o bacharelzinho Rabelo. Foram assim postos fora, sem motivo expresso, todos os funcionários demissíveis e nomeados, em seus lugares, pessoas do outro partido, que subira com uma sede ardente de patriotismo. dizem que até mortos foram exonerados. O Juiz Municipal e seus suplentes, nos diferentes termos, haviam de pular logo que findassem o quatriênio, exceto algum que virasse casaca em favorável ocasião.

Para Câmara Municipal e os juízos de paz, aí estavam as urnas, cuja voz não podia destoar dos intuitos regeneradores do partido que subira. O Juiz de Direito, se inchasse, tomaria remoção ou processo perante a Assembléia Provincial. Os oficiais superiores da Guarda Nacional, reforma com eles, para ser coronelizada nova gente. E para agaloar mais patriotas, criar-se-iam ainda mais batalhões, corpos, esquadrões e seções das três armas, como exigissem os novos dungas da localidade. A comarcas de Cajazeiras com os seus termos, distritos, quarteirões, municípios e paróquias, ia prosperar decididamente. E para acentuar bem o início dessa prosperidade, logo, por um domingo à tarde, vinte praças do Corpo de Polícia, ao mando de um capitão, que vinha investido de delegado e trazia no bolso portarias assinadas em branco, entravam pelas ruas da vila puxadas por corneta em dó, que modulava a espaços medidos a frase curta e certa dos dobrados da Ordenança.

Tendo recebido, por intermédio da Câmara Municipal, as ordens do Governo para a eleição primária, que devia realizar-se no último domingo de dezembro, o Juiz de paz mais votado do distrito da Matriz mandou afixar editais, um mês antes daquele dia, convocando os eleitores e suplentes a fim de proceder-se à organização da mesa paroquial, e aos cidadãos qualificados a fim de darem os seus votos.

Era pois chegada uma dessas quadras a que se chamavam -época eleitoral. O matuto, que formava a grande e absoluta maioria da população, compreendia o seu valor decisivo para o resultado do problema, e se arregimentava.

O Poço da Moita, desde o outro tempo, era nessas ocasiões um quartel-general, e um exaltado interesse pelo pleito invadia até algumas senhoras, conquanto a maioria delas ficassem aflitas, porque a época era antes de pânico. A palavra eleições, para o povo em geral, havia perdido o sentido da sua raiz; era como se dissessem: barulho, salseiro, desordem.

Dona Anginha não tolerava um liberal, vivendo embora no meio deles. Em sua cabeça, que fixara as coisas de 1820, liberal e conservador ainda eram condições diversas e opostas.

– Eu? Ângela Flora Leonor? -bradava, discutindo com o Secundino, que se divertia em puxar pela velhota -se eu fosse homem, essa canalha safada de labarais não havera de ter nenhum voto... Nem se atreviam a tomar chegada! Eu cá não sou doida como o mano padre. Eu cá sou Combute! Se fosse votante, ia lá comer carne gorda e votar de barriga cheia e cacete na mão... Havia de repelir os cariongos a poder de bala de cravinote!...

Dezembro foi um mês de movimento extraordinário. Mês de Festa e das eleições, que eram a 27.

Triunfaram os conservadores, isto é, os do poder. E não era sem um riso de ironia que o Rabelo, promotorzinho demissionário, ouvia os pretos, enfeitados de belbutinas, lentejoulas bicos, rendas, espadas, lenços, capacetes e coroas de lata, cantar naqueles festejos do Natal chamados Congos:

– Parabéns, nobres guerreiros, Pela vitória alcançada! Foi preso o Rei Cariongo, Esta ilha tomada...

– Toda vez que há Congos o rei é preso, toda vez que há eleição o Governo ganha! – vociferava o bacharelzinho na sua revolta de quem perdeu o pão – Eterna comédia! Desgraçado país!

Nos ares, como ficou, como podia ele continuar morando em Cajazeiras. Com a carreira cortada, no seu dizer, não voltaria à casa paterna, onde teria que plantar batatas. Que diabo valia um diploma de bacharel? Para advogar? Advocacia em terra pequena e com a magistratura fácil, que ele conhecia de dentro, só para a rabulice aldeã. Nada! Ia seguir para a Fortaleza, a fim de tomar rumo para a Corte.

Findo o tríduo eleitoral, Dona Guida, que estava passando a Festa na vila e, ao mesmo tempo, prestando seus serviços de chefa, acendendo os ânimos, mandando encher a barriga da soberania popular com matotagens e dinheiro, tão desapontada ficou com a derrota, que não quis demorar para o ano Bom, retirando-se para a fazenda. O Rabelinho acompanhou-a, de mãos pelo ombro com o Secundino. Ela apreciava o verbo violento do pequeno letrado, o seu entusiasmo fogoso e intolerante, o seu fraseado.

– O Combute, meu Jesus! – bramava ela. O Combute! Aquele excomungado que mandou citar a mãe por meia pataca, aquele bicho que vive socado na fazenda sem ouvir missa, um miserável que come até passarinha de boi, ganhar uma eleição em Cajazeiras! Mas isto é só porque Margarida Venceslau não veste calças! Pois agora correram com medo de mata-cachorros? Isto lá são homens!?

– É porque não têm ideias, minha Senhora!

– Doutor, eles não têm é... coragem.

– Uma coisa é consequência da outra. A cobardia é filha da falta de convicção. Nós fomos rechaçados três vezes. Eu dizia: Avante! Bala contra bala! Mas os chefes não queriam. Por que não queriam? Com medo de morrer? Com medo de entregar à morte aquela massa de homens? Era logo um exemplo a este país de capachos: o Governo espingardeava o povo, de posse das urnas e da Igreja, mas o povo reagia, na guerra santa da sustentação dos seus direitos, o povo armado, a Revolução!

Guida gostava destas maneiras assim, deste vermelho.

– Então, continuava o doutor, em vez de cobardes vivos, teríamos a morte de Heróis, novos mártires para as páginas da História!

Dona Anginha quando soube da derrota, deu boas gargalhadas. Mas, por uma fatal coincidência, a alegria lhe fez mal, e ela se tornou rabujenta em excesso, com fastio, vindo a morrer em princípios de fevereiro, depois da eleição secundária.

Findos os dias de nojo, Secundino partiu para as praias.

Guida passou mui terna aqueles dias crepusculares e quentes. Daqui, dali, andava cantando modinhas e xácaras, na sua voz que não chegava a produzir senão três notas, às quais ela forçava todas as melodias, desentoada que era um horror.

O Quim teve cartas do sobrinho, com pouco tempo; respondeu, e foram mantendo comunicação regular. A Guida carteava-se por sua vez, porém não mandava as suas com as do marido; e as que lhe vinham do gajo traziam uma sobrecapa ao Ilmo. Sr. Antônio Silveira da Natividade.

Andava ela agora muito metida com a Lalinha, cujo amor fingia favorecer e cujo casamento com Secundino parecia adotar. Vivia aquele tempo a longos traços, na superexcitação poética do desejo e da saudade, quando por cá a gente gosta de brisas, de luares, de estrelas, de auroras, de nuvens que passam. Chegou a ter novelas e a possuir, como as raparigas de quinze anos, na caixinha de adereços, o ABC dos namorados, décimas, corações com versos e pingos de tinta roxa, glosas, toda uma coleção de lirismo do anônimo gosto indígena. Mandou, numa das cartas ao sobrinho afim esta que aqui vai:

Mote

Estes meus cinco sentidos
Eu em ti tenho empregado
Porque não penses, benzinho,
Que eu te trago enganado.

Glosa

1º

O primeiro, que é ver
Que este amor eu desejo,
Para toda parte que olho
Penso meu bem que te vejo.

2º

O segundo que é ouvir
As penas do coração,
Que eu vivo considerando
Se me queres bem ou não.

3.º

O terceiro, que é cheirar,
Meu galhinho de alecrim,
Bota teu sentido ao longe,
Mas não te esqueças de mim.

4.º
O quarto, que é gostar,
Que gosto posso eu ter?
Vivo ausente de teus braços,
Melhor me fora morrer.

5.º
O quinto, que é apalpar,
Coisa que eu nunca usei;
Como te achei bunitinho,
Logo de ti me engracei.

E por aí além outras quejandas, em geral truncadas e já alteradas pelo uso:

Mote
Meu pensamento ligeiro
Botai-me aonde eu quero,
Lá junto com meu benzinho,
A quem eu tanto venero.

Glosa
Adeus, benzinho adorado,
Adeus, firme coração,
Corpinho tão delicado
Se tu fores predicado,
Tira-me do cativeiro
Por Deus do céu verdadeiro!
Eu não te vou ver, benzinho,
Só se eu fosse um passarinho,
Ou pensamento ligeiro.

Só se eu fosse um passarinho
Para ir te visitar,
Porque havia de tomar
Em meia hora o caminho,
Triste de mim, coitadinho!
Eu com isto desespero,
Pois eu te digo no sério,
Morro neste sentimento,
Ó meu firme pensamento
Botai-me àonde eu quero.
Oh, que firme pensamento!

Que sorte tirana e dura!
Vida de tal amargura,
Daí-me um contentamento;
Eu vivo neste tormento,
Sou tão triste, meu benzinho!
Já me ri, triste me vejo,

Sem lograr o que desejo
Lá junto com meu benzinho.
Sem lograr o que desejo,
Vivo triste, padecendo,
Já de contínuo sofrendo
Amargura em que me vejo.
Não tenho temor nem pejo,
Vidinha, eu te venero,
Apois te digo no sério
Não há mais o que dizer
Quanto eu me desejo ver
Mais quem eu tanto venero.

Trechos há aí que se decifram pelo sentido. O sentir do sertanejo bronco não é quiçá inferior em agudeza ao do praciano relido; o dizer, sim, que não deixa todavia de possuir um certo pinturesco que engoda a gente.

De Dona Anginha não se pode dizer que a Guida teve dó pela morte, mas pela falta, absorvida e abstraída lá pela sua paixão. Chorou abundantemente; dizia mesmo ao Vigário que ela tivera um flato de choro (o que se não opunha a que lhe dessem flatos de riso ao despontar de novo o sol dos seus amores vedados).

Naquele tempo úmido, aquoso e abafado, ao domínio do raio, do trovão e da chuva, andava toda estremeções, com os olhos por longe. A Corumba ruminou que a modo que Sinhazinha andava istudando adivinhação pelas nuves e pelas estrelas do céu, mas mode que o esprito é que andava por outras terras. As outras pessoas de casa, porém, botavam para o sentimento da morte da Dona Anginha, e com elas o Quim.

Guida achava um gosto em acompanhar a evolução do inverno. Eram dias de chuva pesada, dias de mormaço e chuviscos, e outros em que a água batia de madrugada, fremente e rápida como uma chicotada. Acordava cedo e se deitava tarde. À primeira nota dos galos de campina, abria a janela do quarto, com o protesto do marido, que se deixava ficar embiocado na rede. Das serrotas do Papagaio e do Batista ela via subir, cor de brasa, cor de laranja, cor de saudade, roxa, toda embebida nos vapores matutinos, a luz diurna, que ia clarear mais doze horas de ausência. Outras manhãs, olhava, estava escuro para o sertão, onde a chuva caía longínqua; e o dia vinha por um céu cor de pedra de escrever, com umas pinceladas vermelhas, imensas, que acabavam cor de algodão-macaco, e chuviscado grosso. Aqueles aspectos iam titilar-lhe sensações ocultas, que soem experimentar somente as fibras de quem anda em vício de Amores ou de quem tem o vício da Arte. Em certo alvorecer, o nascer do sol ostentava a vista de uma lagoa imensa, de esmeralda, brilhando com reflexos de azul, onde navegassem embarcações entre ilhas escarpadas, cor de pedra escura, e entre baixios de coral. Esse dia foi de leite e de âmbar, de alvas nuvens e solzinho brando. Nesse dia, que já era da quarta semana de abril, o Quim recebeu cartas dizendo que o Secundino fora absolvido! A mulher sentiu caírem os véus negros que lhe enlutavam os nichos da alma. O sobrinho estaria pelo Poço da Moita por todo o mês de maio.

À tarde, fez um belo pôr do sol avermelhado, atravessado por um grande leque azul azul.

Livro quarto

I

Sim, senhor, passou-se, passou-se. Princípios de junho. Deu uma garoa ali pelas nove horas da manhã e as vacas, muito açodadas, ao meio-dia, sobem ao pátio a chamar pelos bezerros, que já era tempo de verem voltar com suas crias.

A Guida, depois de estar muito tempo olhando para o sertão, diz para o marido:

– Ó Seu Quim, você não acha bom fazer-se uma vaquejada boa com muito vaqueiro?

– E quedê lo gado? Já se foram os tempos de fazendas de mil cabeças. Todo mundo sabe hoje o gado que tem, e conhece rês por rês.

– Não, Senhor, é preciso fazer-se. É um divertimento que você dá pela soltura do seu sobrinho. O pobre rapaz chegou, pensava ser recebido em festas, e achou tudo tão frio... Seu Quim, preze melhor o seu sangue! Deve-se fazer a vaquejada, já mais quando é preciso dar um divertimento à vaqueirama. Se os ricos não derem, quem dá? Deixe lá, home, cada qual quer ter o seu dia de regalo. Os pobres coitados dos vaqueiros passam labutando demais; é preciso uma vadiação boa.

Enfim murmurava o outro, ainda em dúvida, que ia conversar com eles.

– Seu Quim, você tome o caso no sério, não se ponha com paleios. –E pôs-se como a calcular, de mão no queixo, correndo a vista pelos sertões além.

Por alto aparecia, aqui e acolá, o pasto amadurecido, com pontos estéreis, tisnando um pouco a paisagem. Nos terrenos mais magros notavam-se manchas roxas no amarelamento do mato zarolho: era o lenho das matas mortas pelos grandes verões anteriores, que a rama dos outros ia descobrindo. O chão começava a empardecer. A grama não se alegrava mais com o orvalho. Onde existia mais vitalidade, a vegetação oferecia um amálgama de infinidade de manchas, do amarelo ao verde: aqui um grande esfarinhado de açafroa, ali um bloco imenso de esmeralda, acolá um fervido, uma espuma como d uma porção de tintas diversas. A impressão geral era entre louro e fulvo, cor de coati, ou barba de negro quando vai caindo em idade.

Era sensível o amadurecimento da selva. Ia se como perdendo a lembrança do inverno com o seus oceano de verdura. Tinha sua beleza aquela quadra do ano.

A notícia da vaquejada, em tal dia, nos Tabuleiros do Padre, espalhou-se por aqueles sítios, um horror de léguas em torno. A Guidinha não convidou ninguém diretamente, o que não deixou de ser reparado; explicava que iam apenas fazer uma comparação mó da gente não se esquecer de todo dos tempos passados. Particularmente interessada na função, adiantava-se ao marido em andar combinando com a vaqueirama pelas fazendas e com os outros fazendeiros, e assim cavalgava por aqui e acolá, alegre e bondadosa para toda aquela gente.

Passou na Goiabeira, mandou o pajem gritar pelo Secundino, que estava lá para dentro:

– Ô de casa!

– Ô de fora! – respondia o fazendeiro, que pouco depois aparecia em ceroulas e tamancos. Vendo, porém, uma senhora, recuou para voltar de calça azul de brim e paletó de alpaca.

– Boa vida, hem, meu amiguinho? Dormir, hem? disse-lhe a Guida com brandura.

O moço pondo as mãos nos umbrais da porta:

– Nem tanto, é que eu tenho andado moído... ainda da viagem.

– Moído, hem? -frisou a mulher com malícia. É, mói, eu ouvi dizer que mói...

– O quê?! – admirou ele. Mas empalideceu, lembrando-se que realmente no lugar Moinho, dali a uma légua, havia umas de quem se não dizia mui boas coisas:

– Varro a testada! Não é com essa. Tenho andado é um pouco febril, e com fastio...

– É, o senhor deve andar mesmo farto.

Aqui, Margarida não deu mais trela. Com uma cara de réu, deu de rédeas a galope.

– Diga, ao menos, até loguinho, minha tia! gritou o rapaz.

Mulher grosseira! continuou ele consigo. Coração de ouro! Naturalmente vinha falar-lhe sobre os arranjos da vaquejada. Já gastou um dinheirão com selas novas para o cabreiro.

– Ah, geniozinho! Também a culpa é minha... Se há tantos dias não vou ao Poço!

No dia seguinte montou a cavalo e foi.

Lá em seus momentos lúcidos ou negros, o mancebo procurava carregar a imagem de Margarida com os traços mais repelentes. Na verdade, que de pior? Uma sujeita casada com um homem que era um anjo de bondade, sério, que lhe zelava o cabedal de fortuna, e sadio, sem mau hálito, sem vícios, e que era homem só para ela... Que diabo! Não fazer mistério dos seus desejos a um rapaz que não se julgava nem esses vigores, nem essas bonitezas... Decerto não seria ele, Secundino, o primeiro! Porque mais de seus trinta de idade já ela gramara no costado, e esses apetites não deviam de ser acidentais pela natureza das coisas. Má essência, a Guida era má essência. Margarida não valia sacrifício.

Mas ali ele estava tão bem! Fazendeiro, senhor, amo, quem sabe o que o futuro lhe reservava? Não se diz que Deus escreve direito por linhas tortas? Daquele crime contra a moral e a honra não poderia resultar uma ventura?

Sabia Deus se ele não viria a ser chefe de partido, sucessor do tio, que ninguém era imortal, como este o fora do sogro, do dinheiroso e afamado Reginaldo?

E assim, apeou radiante no terreiro do Poço da Moita.

Pois o rapaz não ficou com uma certa ojeriza porque a Lalinha estava à porta com os braços abertos em cruz (que agouro!), quando ele tornava à Guida, depois daquela visita arrebatada e estúpida em que a matrona lhe varejou mais uma vez nas ventas, como caixa de marimbondos, com a cabeça dos ruins desejos? De fato, a Lalinha estava passando uns dias no Poço, e no momento em que Secundino aparecia no vaquejador, pelo Nascente, chegava ela à porta, como por um impulso íntimo, e aí ficou alongando o meio olhar pelo sertão além.

– Vejam como as coisas pegam! pensou ele, analisando-se. Eu, um sujeito tão livre de abusos, já tenho cisma!

Entretanto, não era cisma, era pressentimento, essa coisa que equivale ao augúrio dos antigos quando liam no voo dos corvos.

Margarida, conhecendo pelo faro o coração humano, essa parte que toca a sensualidade genésica, dera voltas ao rodo, e havia misturado de novo e em boa paz as relações do sobrinho afim com a família do Juiz de Direito. Preferia sempre ter a rival debaixo da vista.

Lalinha não desconfiava, cega com o gozo de ao menos ver livremente ao amado. Ver! Ah, olhos!

Um irmão, rapazote, orçando pelos dezesseis anos, já com a face encardida pelas peraltices, é que viera buscá-la.

A irmã pôs-lhe a mão no ombro, e ele a sungou para cima da sela. O Secundino reparou bem quando ela calcou com o pé direito sobre a mão do menino, no ato de suspender-se, muito cautelosa para que a saia de montaria ficasse bem arranjada, bem jeitosa, encobrindo bem.

Delicioso, meu Deus, vê-la assim a cavalo! gostava o moço. Como os olhos se deixam excitar pelas dobras de uma fazenda! A montaria, de cintura adelgaçada, envolvia com tanto cuidado aquela carne encantada, que a sensação como que passava da vista para o olfato e para os ouvidos, e o pobre namorado ruía entontecido, sentia-se fulminado, sobretudo vendo dizer adeus àquele serafim o demo da Guida. A Lalinha, esbelta sobre a sela, como a ave que apenas pousa, era toda uma volúpia, e a outra, com o seu vestido atarracado e a sua carne de mulherona lhe fez nojo a ele.

E foi a menina caminho por aí fora.

Começava a matizar-se o fresco verdor dos matos.

Iam declinando a nívea inflorescência do pau-branco, o amarelo quente das flores das malvas, e como que se iam desfazendo, dia a dia, aqueles pingos roxos, aquelas gotas azuis, aquelas miríades de corolas derramadas no folhiço virente, que pareciam borbulhar com as alegrias do passarado, de moita em moita, de bosque em bosque.

A crista do serrote longínquo esgalha os primeiros lenhos que se erguem. Aqui e acolá as copas resistentes, que o sol e o vento não depenam, o juá, o umari, a canafístula, agora enverdecem mais que no inverno.

Lalinha devia alcançar a vila já com lua. O irmão a seguia sem largar palavra. A bem dizer só adiante, ao aspecto solene e taciturno da tarde sertaneja, entre asperezas de rocha e afagos de verdura, sob um céu imenso, onde o sol campava com a liberdade e domínio de um touro, ela, pequenininha, desprotegida, tão de creme, tão vaporosa, chorava dentro da alma. Que diferente o viver de hoje dos seus bons tempos da Capital! As delícias do inverno sertanejo não afrouxaram o constrangimento que o seu espírito delicado curtia em meio de umas gentes semibárbaras assim. Quantas vezes não tivera de ver a sua suscetibilidade ralada, como entre pedras, por aqueles bichos de matutos! Matuto e praciano, cada qual tinha o seu modo de ver, de entender, de raciocinar, a sua linguagem, o seu pensamento. No jogo diário dos negócios e dos interesses desaparecia aquele atrativo que revestia o camponês, desnudava-se o tipo achavascado e mascavo do rústico, o homem em rama.

Em semelhante isolamento moral topara Lalinha com o Secundino. Criou-lhe amor, atrás de simpatia. Julgou procurar alívio, achou um pertinaz mal-estar.

Vivia, por assim dizer, na Natureza, na ave que passa, no mato que adorna o pó, na nuvem, no azul que se doira de astros, com as efusões daquele seu olhar que gerava todo o seu donaire, que buscava a luz, como o da criança, como rebento que, nascido na sombra, persegue a primeira brecha de claridade.

Gostava muito da igreja. Rezar diante dos santos, daqueles mantos dourados, daquelas fisionomias luzentes sob os resplandores em cauda de pavão, não distraía tanto o pensamento, os olhos da alma pelos da carne; ao passo que a oração, sem ter-se a vista nas Imagens, puxava muito pela mente, o sentido estando sempre a esvoaçar para as coisas mundanas.

Como o Vigário lhe queria bem!

Mas não se confessava muito a miúdo nem se usava isto por aquele tempo. O que se buscava da criança não era a salvação, talvez, sim o pasto para a sua seita.

Uma crente gulosa, entendida, gastrônoma, aproveitando os menores acepipes para o seu gozo.

Em geral o cristão sertanejo, o que vai ver aos domingos e dias santos é a missa, não quer saber de mais nada. O padre não pode pregar, ler no púlpito uma excelente obra; o fiel matuto o que quer é despachar-se do Mandamento. O sermão do Vigário não serve, só o dos santos missionários que andam pelo mundo. Lalinha, não; esta não perdia a mínima exterioridade. Um manual não é nada, é um livrinho monótono com umas vinhetas chilras; na mão dela, porém, aberto para ela, e o terço, debulhado entre o retroz da sua luva, na excitação da atitude e do momento, eram-lhe de um prazer semelhante ao supremo gozo que dá um vício.

II

Apesar da Guida não ter dirigido convites para a função da vaquejada, a não ser aos demais fazendeiros, a casa começara a encher-se de hóspedes.

Uns vinham por ela, outros pelo Quinquim, pelos parentes da casa, pelos outros fazendeiros, e outros pelo Secundino.

Mas, enfim, já isto era de si uma festa. Vivia o cupiá atravessado de redes, as negras na cozinha fazendo decomer, os moleques com o pote na cabeça, as galinhas e os bodes na ponta da faca, e matolotagem por ali.

Destinou-se para esse fim uma vaca bem enxuta. Pela manhã, foram com ela ao olho do machado, depois de soltas as outras. O Néu laçou-a no curral, saiu porteira fora sem afadigá-la, e no pátio, assim para uma banda, abateram-na. O Néu armou o machado com o olho para baixo, desandou uma pancada forte entre os chifres, a vaca amunhecou. Sangrou em ato contínuo. Os pequenos traziam rama para acamar em derredor, a fim de não sujar de terra a carne e os miúdos. Toca a tirar o couro, olha lá gordura e carname, cheirando a nata.

A Carolina do Silveira com a Corumba tomaram conta do fato, e ali mesmo despejaram o debulho. Breve, os quartos da rês, transportados ao cupiá, avultavam dependurados, com umas irritações a relampear nos músculos, com que o Secundino muito se intrigava; entre as ramas lambuzadas de sangue, lá no pátio, a canzoada fazia o repasto, a dar corridas de vez em quando nos urubus, que acudiam em chusma com o seu passinho grave e esgueirado. Na cerca do curral iam formando uma longa fita negra. O Secundino, do alpendre, entrou com os outros a fazer-lhes pontaria, a apostar quantos matariam, fazendo fogo sobre aquele tapume negro e mole. Mas o chumbo treslia, urubu tinha mandinga, apenas um ficou penso.

O almoço correra ruidoso e devastador. E assentada a comida no estômago, toca a montar para ganhar cedo os campos. Muita trela, muita graçola, muita risada.

O Joaquim Ribeiro, professor, um pouco tocado pela caninha da panelada, azucrinava o praciano com as suas preleções. O Secundino queria que ele dissesse bem latim, caçoando, e aproveitava esta atitude para fazer trejeitos de azeiteiro para a Guida, que com isso se babava.

O vaqueiro tem, sobretudo, reparasse bem, dizia o professor, um desenvolvimento dos músculos da coxa. A sua arte consistia em estribar curto, agarrar-se com a curva da perna, e, em um serpeamento violento do tronco, a mergulhar pelo mato. O cavalo entrava com metade do serviço, conhecedor do seu ofício.

No limpo, era chegar o cavalo, derrubar de vassoura; isto é, a rês empinava a cauda para cima como um penacho, na corrida, que quanto mais veloz melhor; então o cavaleiro lhe agarrava no cabo, puxava para um lado, por modos que o lombo, desviado da trajetória, a rês cai dos quartos, às vezes a ponto de quebrar a perna, e rolava ainda uma vez, mais outra, e mais outra, conforme o terreno e a velocidade que levava. Aqui, o vaqueiro apeava se não ia com outro, porque então competia a este, e laçava a rês, ou lhe punha máscara, ou peia, que era o mais geral.

O uso de sacudir o laço ou o das bolas, era-lhes desconhecido, por ser impossível nos sertões, por serem estes acidentadíssimos e cobertos de matagais, que tecem de galharia o tapete infindo das pastagens. Campos como os Tabuleiros do Padre (e esses mesmos, com algumas moitas e árvores dispersas) contavam-se.

Usavam-se da aguilhada mais para fazer guia.

A aguilhada, sabia? Aquela vara potente com um forte espigão de meio palmo encravado na ponta, engastada em couro, a que eles aplicam uma forte bainha quando não estão em serviço...

– Mas, professor, dá licença? Eu, pilheriava o rapaz, eu já sou fazendeiro e sei de tudo isso... Queria era um latinzinho... Chega me dava no goto!

– Sai daí! Tu és lá fazendeiro, tu és um punga! Ne sutor ultra crepidam.

– Isto sim, que eu gosto! Mais um pinguinho, ande!

Gargalhada velha.

A Guida largava risadas, achasse ou não achasse graça. Os três iam ficando um pouco atrás. Caminharam um pedaço silenciosos.

– Professor, tornava o Secundino, mas agora com outro ar, olha para isto! Que paisagem! Que latim é que se diz agora? Mirabile visu, não?

– Até que enfim chegamos aos tabuleiros, Deo gratias!

Iam-se pronunciando as moitas, e evidenciava-se de mais a mais a paisagem de prado. O terreno, em suas particularidades, era folgadamente ondulado, amplamente coleado, oferecendo grandes rasgões de vista, pasto em fora.

– Região lindíssima! exclamava o pernambucano. Lembra as savanas, não é, professor?

O valo de capim-panasco, semelhante a um arrozal infinito. Nalguns pontos o ervanço, que incensa os sertões ao pôr-do-sol. Como estrelas embastidas no firmamento de agosto, as flores da chanana, de várias malváceas, gramíneas, sensitivas, constelavam indefinidamente o pasto, onde este era mais baixo, imensos panos de reps verde bordados pela inflorescência multicor dos dias de maio a junho.

Capões de mato aqui e ali, maiores, pequenos; paus-d'arco isolados, pouco desenvolvidos; moitas de mofumbo, que tiram aos tabuleiros a monotonia da savana.

– Olha aquela rês naquela lombada, indicava a Guida: está do tamanho de um bode.

Avista-se uma fita arborizada: é o regato Ipueirinha, uma ipueira, a descer para um riacho que enforquilha no Curimataú.

O poeta Barbado, que ficara acendendo o cachimbo, vinha entoando uma copla, que terminava assim, numas notas estiradas de canto de galo:

Quem não tem pente de ouro, Usa cacho de fulô... Depois, enfiou uma lenga-lenga de versos em vão, que findava nestas duas sentenças:

Quem não tem regulamento Não pode vencer questão... Quem tem sua boca fala Conforme a sua paixão...

Todos, até os vaquianos, gente como que arrebentada daquele próprio chão, sentiam-se tomados por sensações de gozo indefinido, um sentimento religioso, alheio à existência da sociedade, nesse pasmo, nesse delíquio que infligem à pobre espécie humana os grandes aspectos soleníssimos da natureza em ser, com a diferença, porém de que, como no gado, a impressão, nos vaqueiros, os arrastavam à vida, ao exercício, a espojar-se a correr, a movimentar-se violenta e brutamente, a desembestar prados em fora.

Longe, longe, o horizonte acabava no verde-escuro da catinga da Suçuarana; e, mais para um lado, morria num sistema de serros azuis, sob aquele claro sol de fins d'água.

– Vê aquela poeirazinha levantando-se lá para o meio dos campos, Secundino? Uns bichinhos a moverem-se – disse o professor. São os primeiros magotes de gado que chegam ao rodeador.

A comitiva do Major foi procurando aquele rumo. Em pouco, detrás de umas moitas, arrebenta o tropel de uma porção de reses, e logo uns dez encourados:

– Faz cabeceira, compadre Janja!

– Cerca pur riba!

Um que ia de aguilhada fez guia.

Campo adentro, ficaram tocando o magote para o rodeador, que era ao pé de umas moitas mais altas, que ofereciam sombra.

Era cerca de dez horas.

A cavalgata do Major fazia chiar o capim no tropel do chouto e da baralha.

Aproximava-se a última escolta.

Trazia um gadinho; caçoaram dela.

No ponto destinado ao rodeador reunira-se com efeito o imenso rebanho, arrodeado por cento e tantos cavaleiros encourados.

A vaqueirama fazia-se reciprocamente recriminações, porque Fulano botou tal rês no mato, porque não vale a pena andar senão com home, que os do serrote mó que vieram cichilando... Os cavalos, olho vivo, criados no casco da rês, empinavam as orelhas, a cada momento, à espera que os donos lhes dessem rédea. A rapaziada, por seu lado, remexia-se no ginete, doida por desembestar.

Chegou o Major Quinquim; adiante, a Guidinha, num galope, numa corrida apostada com o Miguelzinho, que por gabo de forte a deixou ganhar. O Secundino estava acanhado, no meio de tanto bichão, de tanto pedaço de homem. Certo que não imaginava que o seu país possuísse daquela raça. Nunca vira reunidos assim tantos espécimens de gente vigorosa, mansa, com uas maneiras ao mesmo tempo broncas e delicadas, sem proferir uma expressão baixa, limpos da alma e do corpo. Limitava-se a gozar do espetáculo, e a ser animado pela tia. O sol cru dos tabuleiros, a paisagem vasta, a vaqueirama, o enorme rebanho, o transportaram a uma região estranha.

Notava-se na fisionomia dos vaqueiros aquela expressão própria de quem está no desempenho de suas funções mais gostosas do ofício. Antes uma embriaguez, como a do comediante na sua melhor noite, a do orador no mais tocante improviso, a do soldado na mais renhida refrega.

Já ia o sol bem alto, quase às onze.

O derradeiro magote vinha encorporar-se ao grande rebanho. O vulto do Major, como um generalíssimo, se elevava entre os mais, a proferir ordens e opiniões de entendido.

Uma garrota, porém, em vez de acompanhar o magote, espirrou para a ipueira. O que fazia esteira desse lado bota o cavalo para retê-la. A garrota voa. Estruge o chão, ao rufo medonho das patas dos cavalos: três vaqueiros se esticam no encalço da bicha...

Estava dado o alarma.

Os velhos ralham, que somente dois vaqueiros devem correr a uma rês; se não, há desgraça. São os dois o que vai cabear e o que faz esteira.

A poeira baforava no solo, em rolos, como de um tiroteio de fuzilaria.

Já agora espirram as reses do grande rebanho, porque a vaqueirama parece doida, só quer é atirar-se na vertigem da corrida.

– Foi-se embora sempre! exclamou a Guidinha, estirando o pescoço. Que vergonha.

Era longe a garrota, que se sumira, entre os arbustos da ipueira.

Mas uma voz protestou. Era a do pais do vaqueiro que botara a rês no mato:

– Inhora, não, minha Comade; fio meu nunca botou gado fora. Espere que ele hé de arrancá cum a garrota. Aquela mesma não leva jogo demais, não, Senhora.

Avistava-se, com efeito, atentando bem, o rapaz por entre os matos, perseguindo encarniçadamente a rês, que em pouco reapareceu no campo, e outro vaqueiro, tomando-a, pôs-lhe o cavalo.

Numa descida viu-se o cavalo como a confundir-se com a rês. O cavaleiro pendeu demasiadamente para o chão, e no bolo, a rês caiu dos quartos, rolando três vezes no pó. Um grito de júbilo ecoou nos ares. A garrotinha levantou-se, e foi seguindo, de chouto. Outro botou-lhe de novo o cavalo.

Mas ao mesmo tempo, em outros pontos do campo, travavam-se caramuças, numa verdadeira orgia selvagem. Era preciso que o Secundino tivesse olhos por toda parte para poder abranger todo aquele espetáculo ao mesmo tempo belo e supinamente bárbaro. Como que aquele pingo de humanidade voltara subitamente aos jogos primitivos.

Um estupir tremendo entrou por uma moita próxima, e até a Guida arredou o cavalo, ela que andava a percorrer tudo, só faltando mesmo derrubar. O mato estalava como moído por um redemoinho.

– Um novilho! Um novilho! Aprecie esta carreira, que é de lei! -bradou o Quinquim para o sobrinho.

– E aquilo até é meu! disse o rapaz.

– Não, Senhor. É do Góis, que o vi outro dia na Lagoa. O ferro tem fulô e rabim, na cacunda do G.

Espirra da moita um touro, com toda a força dos músculos, e logo em cima o Torém, que chega ia seco.

Molha-me a palavra, ó divindade que presides a este meu labor! Vou traçar, como num relâmpago, a carreira do novilho Lavrado, perseguido pelo cavalo Trovão, o melhor chagador daqueles todos, veloz que é um castigo, cavalgado pelo guapo vaqueiro torém, que não tem igual desde o Genipapo do Boqueirão até aos Inhamuns e Crateús, que de praias nem se fale.

– Chega-lhe de rijo! gritava a Guida, a única voz que se fez ouvir naquele momento de ansiosa expectativa.

Houve um pedaço em que o cavalo faltou um bocadinho, e o novilho quase arremete. Mas o Trovão não fracateou. Tomou nova carreira, com tamanho terramote que, num suave descambar do terreno, viu-se o Torém cair muito sobre o lado direito, segurar na saia do bruto, e quando este levantou os quartos no galope, o vaqueiro lhe deu um repuxão que o fez rolar de bater o mocotó.

O Torém voltou ofegante e triunfante, e tomou uma forte pitada do seu cornimboque. Era caso de tabaquear, para quem fez tão pouco caso da vida.

Dois vaqueirinhos imberbes, aproveitando o novilho de forças quebradas, ainda andaram a dar-lhe tombos; e, por fim, o pobre do bicho já estirava palmo de língua de fora.

Uma espécie de pânico principiava a possuir as reses. Uma res derrubada teimava em não levantar-se, arrodeada de vaqueiros. Uma novilhota, depois de cair duas vezes, aprendeu a anular a rabiscada, abrindo as pernas quando sentia a mão do homem a repuxar-lhe a cauda levantada. Só os mais hábeis, montando cavalo de fama, não perdiam a primeira carreira. No ato da mucica, o cavalo abria, se não era bem amestrado.

A sede tornava-se insuportável naquela soalheira. O homem que vendia cachaça, à sombra morna de uns paus-d'arco e catingueiras, já havia esvaziado a ancoreta. O Quinquim dera dinheiro ao mercador para ele distribuir bebida pela vaqueirama sequiosa. Alguns fazendeiros faziam o mesmo com as suas gentes.

Duas da tarde.

– Já devem estar fartos, Quinquim! dizia a matrona para o marido. Mande rodear o gado para apartar. Quinquim concordou, e deu suas ordens, mas não era atendido.

– O Gonçalão perseguia um grande boi, de aguilhada em riste. Em certa altura, chegou-lhe o ferrão, na anca, e ao erguer ele o quarto, chegou-lhe mais de com força, e o boi virou. Ergueu-se. Nova carreira, estrondando o chão, em stacatto, e a poeira a subir em jactos súbitos do casco dos quadrúpedes.

O Silveira propunha que se quebrasse a perna de uma rês, no tombo, para os patrões darem para matotage; mas não valia a pena por estar-se bem a três léguas distante de casa.

A muito custo, já com duas e tanto da tarde, o Quinquim conseguiu ajuntar toda a vaqueirama, e, espirra uma rês, espirra outra, corrida para aqui, corrida para acolá, sempre se apartou o gado. Os vaqueiros das outras partes arrebanhavam, cada qual escoltava as suas reses, salvo os que as queriam mesmo soltas. E toca, aboiando campos além, ao manso caminhar dos rebanhos, a recolher para as fazendas! Gado que não tivesse ali vaqueiro, ia para os currais do Poço da Moita, avisando-se ao dono de que havia ali rês de seu ferro para mandar ver.

Os negociantes de gado, que sempre ocorrem nessas ocasiões, já haviam escolhido, com olho prático, o que queriam, e fechavam as compras, reunindo os magotes e fazendo-os tanger.

Depois de seguirem os do Poço da Moita, da Lagoa, e da Goiabeira, a preguiçoso passo, arribou o troço do Quinquim, baralhando a Guida sempre guapa e infatigável. Nem a soalheira, nem a sede, nem o excessivo exercício de equitação não a alteravam. Ao passo que o Secundino se via estar mesmo sonolento e enojado. A vaqueirama nem olhava para ele, a não serem alguns interesseiros e finórios para serem agradáveis à Guidinha.

Aconteceu que ao atravessar a Ipueirinha os homens se lembraram de matar a sede, cavando cacimbinhas na seca areia do leito; e ei-los ali, acocorados, bebendo em folhas de árvore, enquanto adiante o gado demorava sob a guarda de outros.

Quinquim ficara atrás, porque teve uma precisão, de modo que a Guida e os demais foram seguindo, passaram o riacho e se sumiram já para além das moitas. Ouvia-se o poeta Barbado cantar já um tanto longe:

Minha mulata bonita, Seu cachorro me mordeu...

Ia numa boa mela o pândego do cantador, fazendo a risada desassombrada da Guidinha ecoar de moita em moita, que do riacho para além estas eram mais bastas.

Todos dizem: Coitadinho! Mas quem sente a dor sou eu...

Não eram abundantes os passarinhos ali, principalmente àquela hora ardente. Um bando de emas atravessou uma lombada afastada. Se fora mais perto, exclamou um dos rapazes, diabo! Punha-lhes o cavalo. Assim mesmo estava quase...

Para o Nascente havia uns cúmulos esfarelados e embastidos, mas o Zênite e o Ocidente parecia fumegarem de sol...

Na serra da Buretama Se descobriu duas mina... O caroço do erbaço, Da maniçoba a resina!

Já mal se ouvia a voz do Barbado.

Vinha sequioso o Quinquim, como se passara o dia a comer salgado. Entrou para debaixo de uma catingueira, apeou, desatou a ponta do cabresto presa ao loro, amarrou-o a uma volta da árvore. Isto para a sela ficar à sombra, mod'as caseiras, que aquilo nem era sertanejo completo, que se avém com selas quentes.

E, arrastando a espora pela relva, tomou para o riacho, onde os vaqueiros estavam procurando água.

As jerimataias, entrelaçadas com os mofumbos da beira do rio, formavam adiante dele um belo fechado de folhas e de vergônteas, sobre a limpa areia dos aluviões, bordada de pequeninos seixos.

Ainda ouviu o Barbado cantar:

Seguro morreu de velho, Desconfiado ainda é vivo...

Em uma oiticica de tamanho mediano, que subia por trás da moita, um volumoso gavião soltara um piado humilde, como para atrair as pequenas aves – à maneira de certos magnatas que se fazem pequenos para encher com jeito o seu saco.

O riacho estava logo ali. Quinquim, arrodeando essa moita, ora aquele balsedo, tirara o chapeirão de couro, e afagava o cabelo com os grossos dedos roliços.

Os rapazes ainda estavam abeberando nas cacimbinhas do álveo, abertas a unha.

Riam. Uma gargalhada espalhou-se entre eles, terminando por esta frase, que o fazendeiro, ainda oculto pelas jerimataias, entendeu bem ser do Alexandre Arrebique, ou Lixande Ribique, na gíria popular:

– O sujeitinho é temero! Non tarda mais é o Manjó tá de morgado...

Outro:

– Mais cumo é qui um pobre cristão bota assim a desgraça im casa? Arrenego do Cão! Diabo leve esses costumes de praça! Vote!...

– Ta bebo! A minha muié? A minha fia? A minha irmã? Saia que estive im podê meu? Abaixo de Deus Nosso Sinhô, só eu cá na terra, em tão boa hora diga, que ao depois de morto é co homem do Facão Grande...

– Aquele Secundino chegou aqui neste lugá cumo tatu, que só tem o casco e...

– O Manjo hé de vê o mundo e as capas do fundo.

– Mais, home, quem jura que o tal de Secundino faça mesmo essa traição ao Manjó?

E foram galgando a suave ribanceira, uns montados, e outros montando.

O Quinquim não dera um passo...

Teimara sempre em repelir aquela ideia informe, que já o atanazara. O testemunho do vaqueiro, porém, era por assim dizer sagrado...

Subia enfim o pano da tragédia! Os personagens ali estavam, ele via com os olhos do desespero sufocado, ouvia-lhes as falas e distinguia os ademanes. Ele, o marido infamado, apontado à zombaria das gentes. Era verdade, então! Era verdade? Pois era!!!

Coçava-lhe no rosto a impressão do barbicacho. Pôs de novo o chapéu. Achou-se ao pé do cavalo, desatou, montou. Foi. Pelos campos fora, tez em febre, silente, um arrocho no coração e como que ia berrando desesperadamente, criança perdida no deserto que a altos brados invocasse os nomes de pai e mãe.

Queria dormir na Lagoa, na intenção de não ficar mais no Poço da Moita. Achou-se, entretanto, em casa, com a vaqueirama.

Além de tudo, chegara ao Poço da Moita a notícia de um vaqueiro dos Góis do Riacho do Meio, um sarará, dessa raça loira, que a despeito da canícula, persiste nos sertões cearenses, o qual perseguindo um novilhote que ia desgarrando havia peitado noutro vaqueiro, e caído estirado sem fala. Estava à morte.

Era o Machico! exclamavam todos, ao apear-se o portador, que vinha logo dando a triste nova.

Onde estava? Morrera? Falava? Era bom chamar o padre! Pobre do Machico... Virgem Nossa Senhora!...

– Quais, senhores! – respondeu o Cacheado, que era o núncio da desgostosa notícia. Aquele, só Deus do Céu. Venho é ver uma rede e uns paus para se levar o homem pra onde haja casa de cristão, que ele ficou cos outros, que estão lá fazendo meizinha por mó de ver se ele escapa, mais porém que eu não acridito qui sirvam... Estão debaixo d'ua moita, sem água, nem sicorro...

– Eu bem qui digo os meus filhos – comentava um velho, a vazar choro: Mininos nom corram di trevessa! Mininos, nom corram di trevessa...

– Quando uma coisa tem de acontece nom hai juízo qui sirva, meu tio.

– Agora isso... lá isso é mesmo.

– A morte sempre traz disculpa consigo.

E agora eis o Quinquim, taciturno, especado entre dois desgostos, no desempenho do mais tocante sentimento do homem do campo, a solidariedade da espécie. Ele todo agora era ordens e providências para salvar o coitado do Machico. Assim, como se fora fato previsto, papéis distribuídos, drama estudado, viu-se aquela vaqueirama a postos, de rede, paus, remédios lá deles, água em borrachas, toda a inata previdência e apegada rotina do sertanejo em funcionamento.

O lugar do sinistro ficava a uma légua dos Tabuleiros do Padre, duas do Poço da Moita, no Pocinho.

Também foram quase todos, e quase tudo, até a bulhenta canzoada. Ficaram apenas as escravas, um preto velho, a criação, o gado e a Guida, bem como o Secundino, que, passado cerca de um quarto de hora, se largou para a sua fazenda, escanchado no seu cavalo de sela, esquipador até ali.

Correu o tempo naquela mornidez do sertão.

Margarida, na rede do alpendre, pregava os olhos na boca da vereda onde devia apontar o primeiro mensageiro. No despedir-se, o Secundino parecia não dar pela presença do... amante (vá lá o termo com os diabos!) atenta como estava para o doloroso caso do Machico. Pobrezinho do Machico, o braço direito do pai, o vaqueiro destemido, o herdeiro, não da fortuna, que isso nunca virá à família dele, mas dos encargos e pensões!

Naquele momento, do coração pútrido da adúltera, nascia, pelo nenúfar do pântano, o sublime, que, louvado seja Deus, de todo não desaparece nunca da alma feminina. Ressurgia a antiga protetora dos retirantes.

Mandou ao preto velho, o Samangolé, assim mesmo de pés inchados, ir para a vereda tocaiar passantes e perguntar pelo Machico...

Esquecera de dizer ao Quinquim, mas nem o vira quando partira, que trouxesse o desgraçado vaqueiro para o Poço da Moita. Ela tinha fé que o salvaria.

Por uma inexplicada associação de pensamentos, lembrava-se – ali, na angustiosa expectativa de mulher sacudida pela violência de um sentimento forte, – da Lalinha!

A Guida tinha isto consigo: toda a vez que a possuía o patético, o trágico, o irremediável, um pranto oculto lhe trazia a nadar nas lágrimas sufocadas do íntimo a imagem da santa menina, mas dentro, no ser, no sangue, no pulso, quer dormindo, já acordada, ou nos trabalhos de casa, ou nas diversões do campo, ou nos ócios da vida rica.

Deus a não castigaria? E por que Nosso Senhor não mudava os corações? E punha-se a rezar. Era mui devota dos seus santos de pau.

Em consequência, daqui, dali, a culpa de tantas naturezas em abalroamento era do Quinquim. E o tédio, o rancor surdo, caía sobre o marido que ela recebeu com o seu voluntário sim, nos pés do altar sagrado.

Voluntário? Vã hipótese. Uma vontade precisa de anos para verificação; ao fruto é mister que a existência da árvore tenha percorrido os necessários círculos vitais.

E assim acabara soturnamente a vaquejada. Depois de certo tempo, como que uma coruja agourenta pairava sobre aquela casa.

Enquanto a pobre gente gemia em torno do Machico, na casinha do pai, no Timbó, o Secundino em a mansão da Goiabeira se banhava por causa do pó e da soalheira, ali pelas cinco e meia da tarde.

O gado recolhido aos currais era de bater chifre. Para que ficava o gado assim preso? – perguntava o mau praciano de que nunca se pode fazer um bom sertanejo:

– Pra tomá cria – respondia um pequenote da casa: adespois, se solta o que se tem de solta.

Os dias que se seguiram foram de narrativas e comentários. Ninguém sabia assegurar como fora o desastre do Machico (que sucumbira finalmente à uma hora da madrugada, ao pôr da lua). Sabia-se que os dois cavaleiros abalroaram, que um ficou vivo e são, e o outro logo estatelado e estirado no duro, de papo pra riba. O outro caíra em pé, alguns diziam que não, que viram foi aquele bolo de cavalos e de homens. Do cavalo do morto não se quebrou um arreio.

O Miguelzinho do Mazagão bramava contra os cachorros do Seu Quim, que lhe atrapalharam a derruba de um touro. Cós diabos! Não se levam cães para vaquejada!

Machico foi sepultado no cemitério da vila. Ao amanhecer largaram com ele. Havia que palmar doze léguas até Cajazeiras. A rede era suspensa por dois paus paralelos, com outros dois menores, formando grade, e conduzida por quatro homens, que revezavam com outros. Os de folga iam montados, puxando os animais dos que iam suportando o peso do morto.

Quando passaram no Poço da Moita, Margarida soluçou muito. Deu dinheiro para pagar a encomendação, a cova, o caixão, e dizer uma capela de missas.

III

Quinquim veio acompanhando o cadáver do Machico, e ficou em casa. Soube logo que um boi liso azeitão, muito gordo, dos apanhados na vaquejada, começou a rodar no curral, desde a tarde, a ponto de não poder dar uma passada sem corrupiar. Seu Antônio sangrara o bicho nas ventas, e dera um talho em cada orelha. O boi ficou bom. Amanheceu morta uma vaca amojada.

O gado, encurralado e submetido a jejum, passara um dia de amores que dão crias.

E o Quinquim profundamente triste. Que boa alma! – pensava consigo a mulher. – Como sentiu a morte do pobre Machico! De feito, com os retirantes, na seca, o marido até se revelara homem de coração duro, continuava a Guida. Ela é que sempre fora compadecida...

Entretanto, dois espetáculos, que se desemplicaram em mil caprichosidades da fantasia, perseguiam o taciturno esposo, quer desperto, quer adormecido, naqueles dois primeiros dias de abalo. Um, o corpo do Machico, assim tão moço, tão ruivo, estirado, vaquejando, sob a peneiragem de sol que descia pelas frestas da folhagem, repousando a cabeça na coxa de um companheiro, enquanto os demais lhe deitavam pela boca adentro garapa de rapadura, que ele vomitava em seguida com uma tosse rachada, com sangue pisado; e – os vaqueiros que estavam a abeberar no riacho Ipueirinha, caçoando do coitado do grão Senhor do Poço da Moita!

Que diabo era a vida? Ele ricaço e infamado, o outro pobre e morto de desgraça.

Acabar! E veio logo apresentando-se filauciosamente a ideia do suicídio. Deliberou. À meia noite, caminhou de espingarda ao ombro para o rio, para jogar-se do olho de uma árvore, com uma pedra nos pés, direitinho ao fundo do poço da Bilinga, ao passar chumbo no próprio crânio pela boca adentro.

E o teria realizado, se não fora Deus, ou o Diabo.

Quem é que não crê em almas do outro mundo?

Lua muito clara. O vulto do marido ultrajado palmilhava soturno e decidido. O caminho ia sempre descendo, descendo, até dar nos almargeais do rio. Aqui eram altos e baixos, rocha nua e espontada, escavada, matos retorcidos, balsedos, toda a muda história secular, e até milenária, das erosões gigantescas, das grandes águas e dos grandes sóis. Malacacheta a formigar à face da rocha e da piçarra; um belo pedaço de noite, com a claridade azulina da lua em forma de foice.

Na beira do poço, que se percebia de longe pelo reflexo, pairava um vulto branco, e gemia, como um galho de árvore roçando em outro.

Arrepiaram-se os cabelos ao Quim.

Avançar?

– Quem está... aí? – perguntou, e em que arrocho!

O som da sua voz lhe dera um animozinho.

– Quem está aí... Não responde?!...

Devia ver se era mesmo alma. O Machico! O Machico! Olha lá cabelos em pé.

– Lá vai bala! Quem é fale da parte de Deus.

– Não fala?

– Eu atiro!...

– Lá vai bala...

– Lá vai bala...

Pum! fogo. O vulto não se moveu. Novo tiro, que a arma tinha dois canos. O estampido incutia coragem. O Quim adiantou-se.

E bem na ribanceira:

– Se não é deste mundo, requeiro em nome do Padre, do Filho...

Não acabou a frase. Um tropel violento passou-lhe por de junto. Ficou a abugalhar, absorto para um ramo que, trepidando ao luar, balançava ainda.

Pernas para que eu te quero!

Chegou em casa pondo os bofes pela boca, e não contou nada, já pela vergonha, já pelo mistério íntimo daquela ida ao rio, assim no meado da noite.

Quem veio a saber disso foi o Miguelzinho do Vavaú tempos depois, que o taxou de pusilânime, pois o que ele devia ter feito era naquela mesma noite disparado, sim, os dois tiros, mas um na Guida e outro no miserável, que do contrário a moral não podia ficar de pé. Bala, Seu Quinco, é só o que lava a honra! E ai! do dia em que se pensar de outro modo. Mas ele cuidou foi em acabar consigo, quando seu dever seria justamente acabar com os outros. Aquilo não foi mais do que alguns animais que estavam bebendo... Quem vira a visagem fora o assombro dele. Se lhe permitia a franqueza, fora a sua cobardia.

E no mistério ficou a visagem. O Quim explicou no dia seguinte em casa, por terem-no visto chegar e ouvido os tiros, que saíra a tocaiar porcos, e disparara três vezes a espingarda.

No primeiro ensejo, com certa surpresa para a Guida, perguntou-lhe o marido se o Secundino não tinha que fazer na Goiabeira, pois passava dia e noite a andejar pelo Poço da Moita.

– Eu sei lá! na verdade – admirou – vocês são homens e não sabem dos trabalhos dos outros? Será preciso vir indagar por isso às mulheres?

Chegou logo o São João. O Quinquim, queixando-se de doente passou a dormir sozinho, no quarto do oratório, que por ser mais abafado menos mal lhe causava ao reumatismo. Não foram para a vila aquele ano pela festa do padroeiro, ainda com o gosto ruim da queda do partido.

A Guida, porém, foi passar por lá o São João. Não voltou senão a 26 do mês. Ai! Que aquilo era fina!

Sua casa na vila era situada ao desembocar da rua Grande, com quatro portas, na frente um frondoso pé de tamarindo, em uma espécie de praça. Fez-se a fogueira de grossos troncos de pau zarolho, com o mamoeiro no vértice da pira, bem no pátio, e para lá se descia por uns degraus de alvenaria acostados à calçada. Às seis horas e tanto acendeu-se a fogueira.

Na mesma rua, nas outras ruas se avistavam fogueiras. Noite já escura, o lugarejo oferecia um espetáculo ardente, com moças, meninos e rapazes a brincarem com pistolas, buscapés, traques, e quanto fogo, ao clarão das labaredas.

A Guida fizera três jarras de aluá. O Secundino esse ano não veio ao povoado porque dera um talho num pé. Lalinha, todos os dias, escapava da casa do pai, e vinha ter com a poderosa amiga.

A encantadora menina esperava lá consigo que a qualquer instante o Secundino apeasse na porta da Guida, pois, divertido como era, não seria possível que se deixasse ficar nos matos em tempo de festa. Não, não seria. Indagara por ele. A Guida respondera com um muxoxo:

– Aquilo? Minha filha, aquilo depois que se meteu de fazendeiro... Eu chego já a arrepender-me de ter inventado aquele arranjo! Aquilo está um preguiçoso, menina... Olha, uma ocasião deixou de vender não sei quantos bois, por um bom dinheiro, só para não montar a cavalo e caminhar duas léguas, que os homens estavam arranchados no Antônio Curica, acima da Passagem.

A Lalinha fazia uma fisionomia de quem não podia admitir que o rapaz tivesse ou fizesse coisa que não fosse boa e bonita:

– Guidinha, você também?!

– Você também! – repetiu. Aquilo nunca valeu mas foi nada! Você quer saber, Lalinha? Até me admira que uma menina como você perca o seu tempo com... com semelhate vasilha!

– Oh! Dona Guidinha!

Aqui a menina correu para a sala, onde outras donzelas, que a casa da Guida vivia sempre cheia, palravam assuntos, justamente, de namoros. Fulana gosta de Sicrano, Beltrano não quer saber de Chiquinha e ela a teimar... O Tonho um dia quase morreu danado porque Zefinha não dançou com ele todas as quadrilhas. Mais isto, porém aquilo...

O certo é que a Lalinha, no íntimo, ficou saciada no seu egoísmo cioso pelo desprezo com que a outra se referia ao Secundino.

À noite, a fogueira, milho assado na palha, café, bolos, jogos de prenda, violão e modinhas.

Os meninos e os moleques fartavam-se com batatas doces e jerimum de rescaldo. As escravas serviam ao poviléu do bom aluá, que às vezes percorria a roda do moceiro em bandeja e grandes cálices de vidro de cor.

Estavam ali os melhores rapazes da terra, entre os quais, termo médio de todas as classes da localidade, o Conrado Bonfim, secretário da Câmara Municipal, escrivão crônico *ad hoc*, promotor *ad hoc*... Por sinal que sabia uma bela acusação decorada, aplicável a todos os casos, e também uma defesa, idem, para quando era advogado por ocasião do júri. Dava-lhes com uns latins, pronunciados rapidamente a fim de salvar as silabadas. Era procurador do Santíssimo, e fora por Frei Serafim escolhido para zelador da capelinha das Almas, que estava em ruínas, como em geral todas as coisas do outro mundo neste vale de lágrimas.

Tinha o Bonfim andado pelo alto sertão, fazendo umas cobranças e chegara com a novidade muito importante de uma Nossa Senhora aparecida. A Guida, que há tempo não vinha à vila, pediu-lhe para a contar perante a roda... Ele tomou a palavra, depois de passar o lenço tabaqueiro pelo nariz de corica:

– História da Santa aparecida na beira do rio Salgado, acima de Lavras – Cheguei na vila de Lavras ali ao toque das Ave-Marias, e me arranchei em casa do Vigário, que foi logo contando pelo miúdo o grande sucesso religioso do aparecimento da Nossa Senhora, a que me reporto. Mandei pear os cavalos na varge, armei a rede na sala, acendi o cachimbo... O Vigário tinha saído para uma confissão, cortando-me assim a conversa a respeito da Santa.

– Não é pela sua viagem, Seu Bonfim, que se pergunta, retorquiu a Guida, é pela história da aparição.

– Pois estou nela! Quando o Vigário voltou, eu já dormia. Tinha ceado bem, coalhada com carne assada na brasa. Ai! Que boa carne! E que café, vindo expressamente de Baturité, que o Vigário da Conceição mandou! Aqui é que eu queria provar dele! Então, Vossa Mercê, Comadre Guidinha, que dá tudo por café... Mas voltando à vaca fria, fiquei logo tentado a ir ver com meus olhos o lugar abençoado, e pela manhã, antes da partir, pedi ao Vigário que me contasse o negócio desno princípio, mó de eu não ir, como lá diz, cos beiços com que mamei, e ele me contou...

Da parte do Vigário nesta narrativa da Aparecida. – Homem! – disse-me o Vigário, que me esqueci de dizer que era o Padre José de Brito, dos Britos com um t só, da Serra dos Cocos, que eu conheci do tempo da aula de latim, quando estudamos nas Russas com o professor Antônio Pimentão Frangoso de Albuquerque Souto Maior, por apelido Remela, grande tomador de simonte, ameno vício que transmitiu aos seu discípulos com o hora, horae...

Disse, porém, o Vigário:

– Seu Bonfim, quer que lhe fale como homem?

Ele às vezes me tratava por tu, ora por você. Ou como padre, se não são separáveis a batina e a ceroula. Verdade seja que estou acostumado a ver a gente ser um em casa, outro na rua, outro no comércio, outro na política... Mas cá comigo é só Conrado Bonfim, para um tudo.

– Pois lá vai como queira. Quando o vi chegar, supus que vinha em romaria, como todos os dias vem gente, e por isso perguntei-lhe se vinha às folhas, isto é, buscar folhas do pé de ingazeira, onde Nossa Senhora apareceu, que são milagrosas como chá, como rapé, e até mascadas. Aproveite o ensejo, e leve daí uma buxa de folhiço, que de uma buxa não passa toda essa lenga-lenga. Já pedi ao Ver. Visitador que me providenciasse a respeito desses descaros da superstição e da especulação de alguns colegas meus... Ele me respondeu mais ao menos que nem com tanta sede ao pote, que de estrumes semelhantes é que assim mesmo ainda se vai nutrindo a vinda do Senhor.

– E que respondeu a esse padre, Seu Conrado?

– Nada, vi que era um falso profeta. Disfarcei, com pena dele, porque fora meu amigo. Lá via agora o fio da meada:

Estando Aninha Quenquem lavando roupa em um poço do rio Salgado – é a história – e tendo conduzido consigo uma filha de treze anos, de nome Berta, deu-se o caso pela seguinte forma: Berta se afastara no intuito de apanhar uns gravetos para fazer fogo, e se demorou bastante. A mãe, dando pela ausência, depois de passado algum tempo, chamou, se levantou, foi procurar, ninguém respondeu, nada viu... Dado um prazo, Aninha aparecia de debaixo de umas ingazeiras tecidas por jitiranas, vermelha, açodada, agitada, assombrada, quase tolhida a fala.

– Que é isso, minha filha?

A menina respondeu só estas palavras:

– U'a muié... que me chamou.

Não disse mais no momento.

– Entrou em êxtases, explicou a Lalinha.

– Assentou-se, repousou, e por fim declarou alto e bom som que uma mulher muito bonita, com feições de estrangeira, de branco, de xale azul, pegou a chamá-la com a mão. E ela foi ao muito insistir, até que ambas entraram nas ingazeiras. A mulher, aí, disse a ela que queria que se cantassem sete terços, em sete sábados... Terços esses que foram cantados, em um altar levantado ali mesmo junto ao rio. Daí a menina pegou a ir todos os dias, e começou o povo a acudir. Ninguém conta nada ao certo, uns dizem que a menina, tendo-se confessado ao Padre Valentim, só a ele, revelou o mais que a Santa disse. O que eu vi foram as ingazeiras todas peladinhas. Sim, mais esta: contam que a Santa ordenou que não queria que lhe chamassem mais Nossa Senhora, porque diz que agora tudo é senhora, mas que seu nome devia ser o de Mãi Santíssima. Falou contra o uso de balão, de bandós, e de vestido decotado, e disse que tinha recomendado muito esse pecado aos seus santos missionários...

– Não podia ser senão Nossa Senhora mesmo! – disse a Guida em tom piedoso.

– Está-se vendo!

Outros diziam que a Santa não passava da alma da mulher do tenente Zózimo, que foi mal casada, morrendo assassinada por ele. Dizem que ela andava penando... O certo é que na casa onde ela morreu, que fica perto, ninguém morou mais, nem entrou bicho nenhum vivo, nem nasceu mato em roda.

– E em que deu isso, Seu Conrado?

– A aparição?

– Sim, a aparição.

– Um dia espalhou-se que a Santa dissera à menina que mandasse mudar os terços para a igreja, que houvera de vir uma grande enchente. A inundação não veio. Por fim ao povo foi cansando a fé. Mas explica-se perfeitamente a suspensão do benefício que a Santa prometia, naqueles tempos de sequidão, e foi porque, tendo ela recomendado que se casassem todos os amancebados nas cercanias de vinte léguas, isto não se cumpriu. Pelo menos o Vigário do Icó continuou com a sua moça...

E será verdade que essa tal de Berta deu à luz tempos depois?

– Isso não sei. Não vi. Mas diz-se que é exato.

Ai! Lá em casa ainda tem dessas folhas de ingazeira para remédio. Agora é que me lembro! – exclamou a Lalá, que parecia abstrata.

– E tinha mais esta: não se deviam rasgar as folhas com a mão, mas cortar à tesoura, para os chás, etc.

– Ora, aquilo andou por aqui como ovos de pombal, era por cima do tempo, nunca se viu pé de pau dar tanta folha.

– O pai dessa Berta ainda outro dia passou tirando esmolas para essa Santa – disse a Guida. E eu dei-lhe até um patacão!

Vinha se aproximando o Padre João Franco:

– Hein, Dona Guida? Parece que se refere àquele sujeito coxo que passou por aqui fazendo colheita?

– Oh! Seu Vigário! Faça o favor de subir... É mesmo, estávamos aqui conversando...

– Obrigado, eu não subo. Já andei por ái muito tempo. Agora vou ao meu sossego. Porém aquele sujeito não me torna a pisar na freguesia tirando esmolas. Mando agarrá-lo e entregar ao Visitador... Já o preveni. Fiquem certos que nunca vi maior escândalo. Fazem de Nossa Senhora uma brincadeira, senhores, com umas aparições impossíveis, e para quê? Para especular. Sai o pai pelo mundo explorando a fé dos crentes, a pedir esmolas para... para edificar uma igreja! E acha quem dê. Muita gente! Todo o mundo! Entretanto não dão um vintém para consertar-se a matriz...

Assim reclamava o ministro do Deus contra o seu êmulo dos deuses dos matos.

E continuaram a prosar, brincando prenda uns, enquanto outros iam ser compadres na fogueira de São João.

Finda a festa, Margarida esperou que o Quinquim lhe trouxesse a condução, no dia 25, segundo lhe havia dito. E apenas, isto já para a tarde, chegou o cabra Naiú com os cavalos. E por que o Secundino não viera em lugar do Senhor? perguntou a Lalinha.

– Mó do talho, respondeu o escravo, que ainda está muito infuleimado, tendo arrebentado a papoca, abaixo do rejeito.

– E que aconteceu ao Senhor?

– Nada, não, senhora. Mó de coisa que ele estava co romatismo... Foi o que o Silveira dixe, e diz que era nos peito.

– Jucá, D. Guidinha! Dê jucá a seu marido, que para isso não há coisa igual. Papai tem tomado e se dá tão bem!

Guida não fez caso, limitando-se a ordenar que sairias ao quebrar das barras.

IV

Houve, porém, nessa madrugada, uma missa por alma de uma parenta do Vigário, falecida na Capital, estimadíssima na localidade. Era como se tivera falecido ali mesmo, de corpo presente, assim a caridade e pio sentimento com que foram tributadas aquelas derradeiras e longínquas cerimônias.

A vila acordou com o toque de sinais.

Despreocupada, na sua perene abstração de amante visionária, a Lalinha ergueu-se da rede, meio vestida na camisa de talho de rendas, que era só em que parecia luxar, como para festejar em si mesma todos os imensos e imateriais desejos de todo aquele corpozinho. Enfiou a meia do pé direito, e ao pegar na outra, correu com a mão, acudindo no seio à mordidela de uma pulga, que se foi, porque nisso de dentadas a gente não deve ir só pela coceira, mas de ponto feito logo ao bicho que ferrou.

Calçou a meia do pé esquerdo e apertou o atilho, acima do joelho, naquela delicada coluna de carne, que lhe sustentava o corpo, tabernáculo onde o amor acendia a lâmpada sacramental a um coração. Pôs ao pescoço o terço de contas, que pendurava sobre o quadro de Nossa Senhora quando ia deitar-se.

Ali, já batendo com os lábios a oração da manhã, que sabia de cor. Enfiou as saias. Tremeu, quando mergulhou a trabalhada cabecinha pelas sedas pretas do vestido, para a missa de requiem. Tão mal, ó meu Jesus, que ia aquele traje soturno sobre quem somente foi feita para a alvura das flores de laranjeira! O rosto, entretanto, irradiava juvenil e formoso na noite da roupa de luto, com a aurora que ia agora mesmo rompendo no horizonte escuro daqueles sertões.

Abriam-se as portas, vinham claridades furtivas para a rua.

Caminharam para a igreja.

Lalinha, ao entrar, fez um arrastado de pés de quem pisa em capacho; beirou o funéreo pano estendido ao meio da nave entre dois círios acesos. Ajoelhou-se junto à grade. Pela porta do lado entrava finalmente a eterna mocidade do amanhecer, e de longe, a juriti, no mato, ali ao romper da alva, fazia ressoar de vez em quando a frescura daquela embalsamada atmosfera de junho com sua belíssima nota de inimitável diapasão.

Pelas seis e meia atravessou o largo da matriz a cavalgata da Dona Guidinha, que se retirava para a fazenda. Compunham-na diversos cavaleiros, pessoas gradas entre as quais o juiz, pai da Lalinha. Era costume, daquela senhora, pródiga, respeitada, festeira e influente, soltar criminosos, obrigar a casamentos, e ser sempre assim honrada de longas comitivas à entrada e saída da vila, tanto mais quanto poucas vezes no ano vinha ela agora ali.

Chuviscava. Lalinha influiu-se porque o pai se largava com os outros ao Poço da Moita, e foi também. As duas senhoras esquipavam na frente. Atrás, distanciando-se cada vez mais, o Naiú, escanchado na cangalha, de cujos cabeçotes pendiam duas malas de couro cru, meio vazias, que ao chouto entravam num vascolejar de balofo.

Assim chegaram todos com cedo e alegremente.

Às 11 horas e meia, todos à mesa, no casarão do Poço. Passariam o dia, apesar de que a exigência de Dona Guida era que pelo menos só se fossem no fim de uma semana. O Quinquim se havia largado para o campo ao amanhecer, deixando dito que voltaria ali ao pender do sol.

Foi um almoço jovial. Apesar de ser a sala mal servida de janelas e portas, podendo ser muito mais clara, contudo chegava bastante luz para a calva do Juiz de Direito expor-se ao topo da longa mesa, naquele gostoso dia de vilegiatura, caseiro e recolhido que era de seu natural o bacharel.

O Conrado Bonfim, com a sua barba de bode, comia mais com os olhos, envidraçados nos seus óculos escuros, do que com a boca. Em presença do juiz ficava acanhado.

A Lalinha fazia de muito sabida, mas o caso é que se inquietava pela ausência do Secundino, que parecia a cada momento arrebentar pela porta dentro. Num gesto, caiu-lhe da mão um prato que recebia da preta, e se arrebentou:

– Minha Nossa Senhora!

Guida olhou, e caçoou dela.

Serviu-se muito vinho. O juiz deitou verbo à prosperidade do ditoso casal Barros, brindado na pessoa da Exma. Sra. Dona Margarida, que reunia em si todas as excelsas virtudes de digna esposa e de mãe de família exemplar. Que ela recebesse, visto como o Major, seu muito digno esposo, andava no desempenho do trabalho, que nobilita, os seus reverentes preitos de homenagem a tão preclaro cidadão...

Seguiram-se diversos brindes no mesmo rojão, embora em diversa gramática.

Conquanto o sol já começasse como que a pesar sobre o telhado, ainda não havia na paisagem o tristor das folhas murchas. Vinha o Quinquim encourado, pela vereda, que depois da vaquejada como que o homem se tornou vaqueiro e dos bons. Era seu prazer patentear força, até sem necessidade, desencontrada como ideias de doido. Quixoteava. Outras vezes banzava a espiar para as matas fora e quem o visse diria que ali estava a sua cabeça a remoer grandes coisas. A inércia o semelhava a poeta filósofo, a agitação a desmiolado. Uma vez meteu-se por umas moitas da beira do rio, no encaço de um boi fubá, catinga cerrada, por entre voltas de mofumbo, onde mesmo não podia haver vaqueiro bom nem cavalo esperto, que o Néu exclamou: -Mode coisa que seu Manjó tá é o diacho!

Papocou de casa adentro ali obra de um quarto depois de meio-dia, ainda a troça a almoçar.

E foi logo um Vivoo! de satisfação, dentre os comensais, quando ele, surpreso e surpreendido, encheu a porta da sala de jantar com a sua grossa corpatura metida em couros, arrastando as enormes esporas de campear.

– Deus dê um bom-dia! – e avançou com um sorriso frouxo, dirigindo-se primeiramente ao juiz, que se pôs de pé em largas cortesias, e quis forçá-lo a sentar-se na sua cadeira, impertinência de que o Major se livrou a pretexto de ir mudar de roupa.

Apertou a mão a convidado por convidado, em derredor da mesa, no rigor da polidez sertaneja desses tempos. guida perguntou logo se passara na Goiabeira: Lalinha ia apanhar a resposta, mas o Major não respondeu, caminhando para o quarto a fim de vestir-se, que mesmo ali entre gente do sertão, por serem de povoado, sempre não olhavam a roupa de couro como gentileza bastante para os arrebiques do bom trato.

E passou-se aquele dia sem novidades de maior monta, o Quim falando pouco, e quando se pronunciava era sobre misteres do campo. Começava a detestar a espécie, achando sentimento antes na natureza bruta.

Livro quinto

I

A Guida, por instinto, se fizera extremosa para com o marido daí por diante, com a ideia de que o homem podia tornar em escândalo o seu erro dela por um ato qualquer de vingança ou de toleima. Desprezava solenemente as chinas, a cujo nível desceria logo na boca e no olhar de todos. Vivendo com o marido em comunhão, eram obrigados a reconhecê-la como senhora de bem.

Por seu lado, o Seu Quim se confundia com aquelas recrudescências de carinho, e começava a perguntar a si mesmo se não laboraria em engano condenando no seu juízo secreto a uma inocente: se o falaço dos vaqueiros na Ipueierinha não seria obra de satanás, para plantar a cizânia naquela casa.

A dúvida, assim como depressa entra, depressa se escafede, nos ânimos fracos. E o Seu Quim deliberou-se pelo mais fácil e mais cômodo. Passaram-se duas semanas felizes.

Guida, porém, não podia resistir tanto tempo a soprar uma vida fictícia num calunga. Abatia, cansava tanto bolir em molas.

O Seu Quim, à vista das amantéticas expansões dela, parece que ia tomando o pião na unha, julgando a coisa ser mesmo afeição real. Ora, afeto cativa. Assim, pois, ia assumindo umas veleidades de amante-senhor, tendo extraordinário prazer em ser pela sua parte amante-escravo.

Destarte, entrou a notar que repetidas vezes que o Secundino viesse ao Poço, a Guida ia infalivelmente para a sala. E foi inchando. Quis chamar-lhe a atenção, mas não se atreveu.

Havia justamente quinze dias que a Guida voltara da vila. Era hora de deitar, e a mulher entretida na prosa com o rapaz. O Seu Quim já cochilava. A Guida, vendo que não havia mais esticar conversa, empurrando familiarmente o joelho ao sobrinho:

– Vamos jogar a bisca? Seu Quim vá ver o baralho, está detrás do espelho.

– Está mesmo uma lua de tirar sono! – disse o rapaz, correndo a vista pelo exterior para disfarçar um beliscão que a outra lhe aplicara na coxa.

O Seu Quim apareceu com o baralho, e jogou de parceiro com a Carolina, que a Senhora chamara para esse fim. Não teve língua para dizer nada. E Guida de vento em popa na viagem do crime.

Decorreu em seguida uma semana morna. O Seu Quim principiava de novo a concentrar-se, e a Guida a expandir-se, em proporção, com quem já se sabe. Era jogatina de bisca e trunfo aos domingos, com as pessoas que pareciam, e quase todas as noites; eram passeios da Guida no seu cavalo preto, com os seus arreios pingando prata, como lá dizem, ora pela manhã, ora de tarde.

O Seu Quim passava o tempo no alpendre, a fazer peias de lapos de couro cru, no que era perito, a empalhar cangalhas e assentos de cadeiras velhas, e em quejandas ocupações.

Era de notar uma coisa naquela casa do Poço, que não passou despercebida ao Secundino: a não existência de afilhadas, raparigas que se criam em todas casas ricas do sertão, e costumam formar em redor da dona uma espécie de camareiras ou damas de honor. Elas, no Ceará, não têm propriamente a mucama, expressão que o Secundino não encontrou; e com o serviço já das afilhadas, já das escravas mais ou menos prediletas, e com a própria singeleza extrema dos costumes, vão-se arranjando bem.

Margarida era, pois uma criatura como ela mesma. Em casa, de branca, ela. O mais, preto, inferior, escravo, até o próprio marido, branco, é verdade, mas subalterno pela sua índole e por não ter trazido ao monte um vintém de seu.

Era agora pelas novenas da Senhora Sant'Ana, que dá o seu nome ao mês de julho. Na véspera da primeira noite havia o levantamento da bandeira, no pequeno arraial do Vavaú, a uma légua e três quartos do Poço, à beira da estrada que vem do Aracati.

Margarida às vezes sentia não poder casar bem, frisar, bem dar certo com o esposo que recebeu no pé do altar. E nesses estados de alma se atirava ao homem, a ver se enfim encontrava essa felicidade tão falada, que não conhecera jamais. E não seria tão bom – meditava, com o olhar para os matos – ir a gente no seu cavalo gordo com o seu rico maridinho, também no seu cavalo, e chegando ao Vavaú, serem recebidos por aquele povo com exclamações do fundo do coração, como se fosse com o seu rei e com a sua rainha? Depois, voltando para casa, cear bem, pondo o comer na boca um do outro, às beijocas, e ir enfim para a rede lavada e honesta?

Ficou muito tempo calada. Diante dela, ao longe, o verde dos serrotes do Papagaio e do Batista estava ficando sujo e ruço. Os dias já eram quentes, apesar do vento, que não podia trazer mais a umidade dos campos. Haviam desaparecido os passarinhos de maio a junho, que à primeira pontinha do dia entravam logo a trovar; parece que se iam afastando para onde houvesse mais verdura, frutos e grãos. Só o galo-de-campina continuava ainda na alvorada, todos os dias... Triste vida! Triste vida! – bem dizia o bem-te-vi. Enfim enxergou o Peste, como lhe chamava quando estava nos seus apuros. – Ah! Seu Quim... quer ir hoje comigo ao levantamento da bandeira? O Seu Quim, levantando a cabeça, estirou uma perna, puxando a agulha, em cujo furo metia a ponta de uma palha:

– Estou botando a segunda, o diabo é que a palha é muito grossa.

– Não é isto, senhor. Pergunto se quer ir comigo ao levantamento da bandeira.

– Que bandeira?

–Ora vá bugiar!... Da Senhora Sant'Ana – gritou – no Vavaú!...

O Seu Quim abaixou de novo a fronte, conchegando a si a peça que estava empalhando:

– Eu sou lá disso? – proferiu friamente, fazendo ponto final.

Margarida sentiu nas palavras inertes e no gesto parvo do homem todo o cheiro nauseante e porco de uma sovaqueira.

– Não quer? Ah, não quer! Está bom. Vou com o sobrinho – pensou de lá. E não perdeu uma noite.

Vavaú ficava para o Riacho do meio, aquém da Varge das Bestas. Era, na fulva aridez do sertão, um desses terrenos frescos onde aqui e acolá se encontram agrupações de carnaúbas, lembrando as tamareiras dos oásis. Havia duas lagoas e um córrego, que atravessava um brejado, onde se sucediam alguns sítios de coqueiros, com cajueiros e outras árvores do arisco. Perto, o rio deixava grandes poços de pesca. Lugar farto e ameno, porém doentio.

Concorria povo de muito espaço em derredor aos terços de Sant'Ana, porque aquilo era mesmo um bom divertimento e devoção. Vendiam garapa, rapadura, fumo, sodas, aguardente barata, bolo de mandioca e de milho, pé de moleque, tapiocas, beijus. O oratório era um quarto isolado, coberto de palha, sem ladrilho, com frente para a estrada, no sítio do Miguelzinho, para cuja vivenda Margarida tomava quando lá ia. O parente a recebia sempre com uma chalaça de boa troça:

– Aí vem ela! Aí vem a Baronesa!

Que era do banzeiro do Quim? Deus lhe desse bons-dias, ou boas-tardes. E corria para ajudá-la no apear. Aquilo era mulherzinha para dar trabalho a si mesma! Podia passar ali em casa dele os nove dias, mas não, queria era andar num pé e noutro...

– Pois então? Passar tempo parada não é o que faço em casa? Ficava lá então!

– E este peralta está pronto sempre a acompanhá-la, hem?

– Com muito gosto! – respondia o Secundino. – Também quais são as minhas ocupações?

Tocava o sininho, dependurado num esguio trapézio de estacas, debaixo de um cajeiro. Dos casebres, das veredas e de um e outro lado da estrada convergiam os ranchos de povo. A Sant'ana do Vavaú gozava reputação de milagrosa, e por qualquer coisinha estavam eles pegados com o seu santo patrocínio.

Havia um ou dois sambas todas as noites, e no repique da entrada e do sinal soltavam uns três foguetes, ao toque da rabeca e da viola, que formavam a orquestra. Tiros de roqueira de dia e de noite. Margarida babava-se daquilo, e tinha realmente fé na Santa!

O Vigário não gostava lá consigo de semelhantes solenidades, que faziam concorrência ao seu sortimento. O Miguelzinho sabia disso, mas por um lado a devoção aproveitava, e quando seu pai estabelecera os terços do Vavaú, fora porque já via nisso um meio indireto de lucro e de fazer aquele ponto merecedor de vir com o tempo a ser até uma povoação.

Antigamente havia lá um capelão pago pela melhor gente; mas o Miguel não esteve pelos autos, porque os contribuintes começaram a encostar-se. Assim mesmo, na véspera e dia da festa, sempre mandava buscar o vigário, porque nos matos não há chamariz para o povinho como um ministro da igreja.

O Major Quinquim largou-se também na véspera, com a mulher e o sobrinho. Dormiriam no Vavaú para passar o dia da festa com o Miguel, que oferecia um pingue almoço de panelada e quitutes de lamber o beiço.

Passada a festa, porém, quando a Guida quis partir, procurou pelo Seu Quim: Seu Quim tinha ido com o Vigário para a vila.

Naquela situação de espírito, o bom Major, todo o tempo que esteve no Vavaú, foi como que atrelado à pessoa protetora do Padre João Franco, seu amigo, seu chefe, e cura de almas. O Padre notara esse enrabichamento, e desconfiou do porquê, visto como a Guida pelo seu lado em toda a sua conversa era Secundino para aqui, Secundino para acolá.

E depois que montou a cavalo, entre os cavaleiros que o foram impor estava o Major, que não voltou com os demais, porém o acompanhou para a vila. O Padre, vendo-o continuar, exclamou bondoso:

– Ah! Major, você vem?

– Vou, Seu Vigário.

O Padre voltou a cabeça e lhe notou uma fisionomia parva. Que queria aquele homem? Estava quase lhe dizendo que no seu caso a natureza ordenava que procurasse uma mulher, por despique, e nunca um sacerdote.

Grandíssimo pedaço de asno! pensou lá consigo. E demorando o passo, a fim de emparelhar com o outro:

– E preciso acabar com isso! pensou.

Em voz alta:

– Porém, vamos, que espécie de conselho queria você, quando estávamos debaixo do cajueiro?

O Major esporou o cavalo. O sacristão ficara atrás, porque montava um burro velho choutão. Iam assim sós, por aqueles descampados forrados de panasco loiro, eriçado de sabiazal, ao mormaço das cinco e meia...

– Eu sei?... respondeu por fim o outro com visível desalento.

O seu olhar não se punha em coisa alguma, incerto e vago como o voo da borboleta ao ventozinho rasteiro da manhã.

– Ora, você não sabe? Quem saberá então?

– Homem, é a respeito daquilo...

– Daquilo de quê?... Desentale, se é que confia realmente em mim, homem de Deus.

– Do Secundino. É preciso fazê-lo retirar-se daqui. E diga: Não se poderá recrutá-lo?

O Padre prosseguiu sem responder. A resposta seria que não há só uma Maria no mundo. Ia o Secundino, podia aparecer-lhe outro pior...

– Major, você bem sabe que o nosso partido está debaixo.

– Mas, homem, o Padre Brasil, mesmo debaixo, há certas coisas que ele pode, principalmente sendo uma questão de honra.

– Porém, Major, recrutar um fazendeiro? Para que você fez seu sobrinho fazendeiro, para que lhe deu poder e fortuna?

– Eu?...

– Decerto que eu não fui, nem o meu sacristão. Escreva aos seus parentes, a ver se o mandam buscar, é melhor.

– Já escrevi. Foi trabalho perdido. Por lá ninguém pode com ele. Por lá ninguém o quer. Eu vou ver é se lhe casco novo processo.

– Novo processo? Por quê?

– Pela morte do Belmiro.

O Padre parou o cavalo a fim de olhar com atenção para o coitado:

– Homem de Deus, você mesmo não me pediu que escrevesse para ele ser absolvido? E de fato não o foi por unanimidade? Agora, é queixar-se ao Sem Jeito.

– Não. Enganei-me, não é pela morte do Belmiro... É por um defloramento; o Silveira sabe.

– Ora, pensou o Padre, achando o negócio muito puxado, ainda mais esta. Pobre idiota!

Estavam entre dois roçados. A luz do ocaso, o milhal amadurecido alastrava um belo rosado de cútis morena, e o mandiocal, com as suas folhas estreladas e embastidas, metia uma quadra verde intensa no aspecto já meio ruço dos campos.

– Em primeiro lugar, continuou o Padre, ponhamos o caso em si. Esta matéria é delicadíssima. É preciso o maior cuidado contra o demônio da suspeita. Eu acho que, não tendo você uma prova inconcussa da infidelidade, não tem o direito de amuar-se por esse modo, assim do pé pra mão. Com prudência e sabedoria, tudo você poderá conseguir... E, meu amigo, o matrimônio é um sacramento, o que Deus junta o homem não separa...

– É verdade...

E continuaram, até a vila, num silêncio cortado apenas por uma ou outra frase do sacerdote, procurando desviar o espírito do amigo, e pela algazarra das maracanãs, que recolhiam ao repouso.

II

Ali ao pôr do sol, o Néu arriou no terreiro duas cargas de malas, que tinham ido para o Vavaú, uma com umas vendinhas da mãe, a saber: garapa de babão, queijo de cabra, fumo e linguiças; e a outra, sua, que levava impando de melancias. Atrás, vinha ela, a Mercês, com um filho no quarto, encoberto pelo xale novo, mó do sol, e seguida por mais três meninas:

– Anda depressa, menina! – ralhava para a mais ronceira.

O Seu Antônio, que não retirava o pé da fazenda desde que implicou com o Silveira, os recebeu alegre à porta.

– Pegue esta criança, home! Que eu já venho cansada demais, disse-lhe a mulher, soprando de fadiga.

– Divirtiram-se bem? Na verdade parece que não queriam mais vir. Foi bom, hem, minha fia?

– Aproveitando o negocinho, home! explicava a Mercês. Apois nós havera de voltá ainda cas malas cheias? Veja lá cuma vendemo cage tudo.

– E as tuas melancias, Néu? Reputaram bem?

– Inhor, sim. As mais baratas fôrum pur trê gintém. O povo mó que tava ca língua seca de sede... Non havia garapa, nem cana, nem melancia qui chegasse po povão.

Depois, olhando insensivelmente para o caminho por onde vieram:

– M'pai? Ói p'acolá... Lá vem gente.

A Mercês assentara numa das cangalhas, para descansar, e tomar um folegozinho antes de ir para dentro. Atentaram todos para o caminho.

– Espere! Por mó de que só vem um home e uma muié? E quedê lo Seu Majó?

– É o quê, menino? Hão de vi três pessoas para mais.

– M'pai, repare.

Um dos pequenos chorava, queixando-se de uma estrepada no pé. A mãe ralhava: bem dissera que não fosse. Pra que foi? Só queriam viver amarrados na saia dela! O pai o conduziu para o interior, a fim de lavar lhe o pezinho com aguardente, que ia mandar comprar do Silveira.

Tinha razão o Néu. Com pouco riscava, de feito, no alpendre da vivenda, a Guida, com a sua chapelina cheia de fitas, e o Secundino, de russianas, chapéu do Chile e correntão.

O Seu Antônio ficou pensando que o Major ficara atrás. Foi para os amos, com o filho, para servi-los no apear, e no mais.

A Guida gritava para dentro:

– Luísa! Naiú! Qual Naiú, qual nada! Anda tudo no mundo. Não se pode arredar o pé de casa. Naiú? Cadê esses negros?

– Cumade, deixe os nego, qui também são cristão. Tamos aqui nós.

As gentes apearam, entraram, conversaram, e nada de Seu Quim.

O vaqueiro não resistiu mais:

– Adonde ficou o Cumpade Quim, Cumade Guidinha?

– Foi com o Vigário para a vila, compadre.

O campônio balançou com a cabeça, franzindo os beiços com enjoo:

– Está bom, já eles pegam outra vez co diacho da política! E depois de uma pausa:

– O cavalo de Seu Secundino fica selado, ou eu solto?

Ninguém pareceu ouvir. Repetiu a pergunta.

– Solte – disse o moço, – que eu não vou mais hoje à Goiabeira, não. Estou muito afadigado.

O vaqueiro, tirando o cabresto ao animal:

– Quem vai à festa, meu Sinhozinho... H'alo!

E estalou o cabresto no ar:

– H'alo! Vai pro pasto, ca'lo!

Passaram o povo do Silveira e outros moradores, todos recolhendo da folgança, bem como o Naiú, a Luísa, a Corumba, e demais negrada. Em casa ficara só a Maria Velha, cozinheira, resmungando e comendo.

Guida mandou apressar a ceia, para ir logo descansar os ossos na sua rede.

Fecharam-se as portas cedo, no cansaço geral de nove dias de vai e vem.

O Seu Antônio, descansadinho de seu, esse ficou no seu terreiro até mais tarde, sem sono, de tição e cachimbo, acocorado sobre um toro de pau, apreciando a frescata que lhe trazia o vento.

Era o quarto crescente, e a lua, pendida para os serrotes do Papagaio e Batista, no céu varrido pela ventania, atravessava nuvens e nuvens brancas e céleres. O caminho do Vavaú, que vinha enforquilhar perto de casa com o de Cajazeiras, aparecia além, no pau-brancal meio desfolhado, ao luar claro como dia. O vaqueiro não tirava o Major da imaginação. Seus olhos só queriam ver o patrão no seu cavalo gordo, paco-paco, do Vavaú para a vila com o Vigário.

– Home veio bobo, meu Deus, refletia o campônio, apois chega non querê largá a danada política! Mode que non viu o inzempro das inleições de dezembro. Credo! Triste fado o destes homes ricos, qui non vejo precisão de se meterem em semelhantes cipoais.

Os cães ladreram para o caminho do Vavaú, e Seu Antônio notou que por ele vinha um vulto a cavalo. O vulto adiantava-se. Seu Antônio conheceu que era um vaqueiro, e disse de si consigo:

– Home, aquele mó que é dos que dão um vintém pra não entrá e um boi pra não saí? Aí no duro!

O cavaleiro apresentou-se. Era o Torém.

Parou no terreiro do camarada:

– Boas-noites, S'Ontônio. Mande-me cá um tiquim d'água, por seu favô.

– Deus dê as mesmas. Tu agora é qui vem, home?

O outro olhou para o céu, avaliando as horas:

– Mode que as dez já se foram?

– Estamos nelas, meu amiguinho. Veja a que hora um vaqueiro vem de novena! Aquela Goiabeira vai na mesma regra. O vaqueiro no samba, e o patrão...

O Torém, apeando com preguiça, ao ranger do couro da perneira nova:

– Já passou?

– Tá i dormindo. Dixe que hoje ficava aqui no Poço, pruque vinha muito cansado.

E com vagar, sentando-se ao pé do Antônio, o Torém tirava o cachimbo da perneira. Botou-lhe o fumo. Entrava em nova conversa, com uma fala visivelmente comovida:

– Mas, meu camarada, você raia comigo porque me arrecoio tarde?... Eu tive motivo pra isso...

– Qualo foi, meu amigo? Foi algum sarrabuio mó das cunhãs?

– Foi um assassinato. O Lulu Venanço matou a muié.

– Virge! Mó de quê, home? Que desgraçado! – exclamou, erguendo-se presto, o honrado vaquiano.

– Mó de ciúme. Outros dizim que ele pegou ela em fragantes.

– Cuma foi isso?! Conta lá tudo...

– Nós tava num sambinha, im casa do Jom Bodoque, ali de-jun daquele marmeleral do canto do sítio do Seu Capitão Miguelzinho...

– Sei bem onde é. Tem até uns marmeleros muito bons pra cerca de caiçara...

– Você sabe que a bodega do Jom Bodoque tem assim um balcão de taipa, e pô detrás, ua prateleira de tábua de caxão cuas garrafas, loiça e coisas de venda...

– Dizim inté que ele tem ajuntado seu vintém ali naquela bera de estrada, acrescentou o Antônio.

– Entonce, tavam lá arranchado uns comboieros que tinham arrumado o eito, assim pua banda, ia porção de surrão de mio, que fazia assim mod'um escuro. Aí diz que virum a muié do Venanço non sei cum quem, cuas partes de tomá bebida, enquanto o povo no terreno apreciava um cantadô de fama, qui era um dos comboiero donos do mio. É verdade que eu vi ele vendendo, apois tinha muita confiança co Jom Bodoque e a famia...

– Tá meio veiaco isso, mais vamo lá.

– Vamo lá pra donde? A coisa é esta mesma. Quando viu-se foi os gritos da pobe e aquele home correndo po marmelero...

– Veja em que dão os tais interro dos osso... Dão in interro devera! Tome esse inzempro, Seu Torém! Festa, a gente cumpareceu, fez ali o seu dançadozinho, e boa romaria quem em sua casa está im paz... Té loguinho!

– Mais entonce, continuou o outro no fio da narração, a pobe ainda chegou a corrê, toda ensanguentada, ca facada no peito, gritando que Seu Jonzinho lhe acudisse... Mais, porém, pouco aturou...

– Deus lhe fale nalma, pobe infeliz! Se teve crime, Deus lhe perdoe. Mais também, se teve, o Venanço fez o que quaqué um fazia no seu lugá... E qui é dele?

– O Venanço? O povo do samba arrancou a bem dizê todo atrás dele, eu só via gritá: Pega o cabra!...

– E pegárum?

– Qual nada! Parece que a terra se abriu com ele. Mó que aquilo era o Cão, não era criatura humana, não, Sinhô.

O velho vaqueiro entrou a fazer ponderações a respeito da gente de então. No tempo dele... Ora, no tempo dele havia outras capacidades e considerações. Não vê que quaisqué se astrevia a mexê ca muié do outo! Ói lá o bacamarte, pah! puh! e adeus, minhas encomendas! Qual crime o que, lavá a honra non era crime. Mais hoje em dia está tudo diz que aperfeiçoado... Tibe! Arrenegava de semelhantes melhorias.

Daí o Torém, quase em cochicho, pela paridade dos ossos:

– Mais, S'Ontonho, me diga ua coisa, que eu guardo o maió sigilo, aqui sobre os nossos amos. Terá fundamento o que já andam murmurando por aí?

O outro continuava batendo com a cabeça do cachimbo para limpar a cinza.

O luar banhava-lhe os cabelos e a barba, luzindo a pequena calva sobre o meio-escuro dos olhos. Mirou grave e atento para o interlocutor, e, querendo cortar a conversa, como se tivera feito à consciência uma consulta rápida:

– Meu fio, respondeu, não julgues o bom por bom nem o mau por mau, que antes absolvê um culpado do que condená um inocente. Eu non meto a mão no fogo por Pedo nem Paulo; mais, porém, de minha parte non posso jurá nem que sim nem que não, o que está no coração só Deus é quem sabe, pesá de que nada se faz no escuro que não suba ao teiado... Acho mió qui tu não cuide nestas coisa, te importa só co gado alheio pur que tu arrespondes, que o tempo é pouco pas obrigações. Deixa lá o mundo co seu falaço.

O Torém não rebateu a sensatez do amigo, antes concordou:

– Tem razão, S'Ontonho, tem razão. Eu não vou dá contas a Deus pur eles...

– A-q-u-i, aqui, meu Sinhozinho.

– E com essa, vou-me chegando.

O Antônio ergueu-se, para recolher-se também. Apertou a mão ao colega e se despediram. Com Deus amanhecesse. Viu-o desaparecer, finalmente, no luar, ao chouto do cavalo de campo.

– Deus te conserve! Deus te conserve! murmurava em voz baixa, com ar de satisfação, por ver que o seu protegido não desmentia a opinião que dele havia dado.

Calculou que horas seriam, e entrou.

A mulher estava logo ali, sentada num mocho, como se quisesse falar-lhe coisa importante.

Duas vezes, com efeito, havia ela tratado ao marido a respeito do apego da Guida; não se conformava com a sua opinião. Agora mesmo tinha percebido, de ouvido atento, o final da conversa dele com o Torém.

– S'Ontonho, disse ela, caminhando para ele, que estava fechando a porta, acho muito bom que você diga aos estranho, a respeito da falta da nossa ama, o que disse ao Torém... Mas, meu véio, cá por casa outro galo lhe canta... Olhe, eu juro por Deus que nos vê, eu meto a mão no fogo cuma ela atraiçoa o Cumpade! E a coisa tá tão inraizada qui só mesmo aquele Deus do Céu pode pôr termo a semiante peguero. Ali, istá sem bença.

– E ao depois? qui temos nós cá ca alma dos outros? Quem tivé sua alma que faça boa obra, pra não i pro inferno...

– E o que não hé de sucedê, S'Ontonho? Será pussive que o Cumpade Quim nunca chegue a precebê? Pois que diacho de home então será ele? E o escândio, S'Ontonho? As nossas fiinhas, uma já se pondo cage moça, pódim lá vivê na virtude com semiante pecado entrando pelos óios aqui mesmo dijunto? E logo dos amos, S'Ontonho?...

O calmo vaqueiro sentia um aperto nas carnes do rosto.

Fungou a pitada de torrado:

– Fala baixo, Mercê, olha os menino não oiçam... Mas o qui nós havemos de fazê?

– Vamos-s'imbora deste lugá! E me diga: Você pensa que os Silveras non acabam pur lh'intrigá ca Cumade, non lhe fazem os pontos? E se aquele cabra tivé um dia a odaça de tocá no nosso fio Néu?

– Mas i-s'imbora como? Que dê lo motivo? Eu non hei de agora chegá jun-da Cumade e dizê sem mais preambos. Vou m'imbora! Vou m'imbora!...

– Meu veio, qualo é a mola do mundo?

– A mola do mundo? Sei lá de molas, home!

– Apois eu sei, é isto!...

Coçou a cabeça do dedo grande da mão direita com a do fura-bolo.

– Vamo vendendo nosso gadinho, bem caladinho e guardando o dinhero no fundo do baú. Adonde nós chegá, com dinhero, tamo bem, e saúde nos dê Deus. Vamo-nos aprecautando, que eu lhe juro que non faltará casião de você se despedi...

O velho vaqueiro sentou-se ao peso de tamanhas cogitações. Passava e repassava os dedos por aquela barba respeitável, de que um cabelo era penhor bastante para a sua palavra de homem.

– E você non sabe? – continuava a Mercês – no Vavaú não se falou noutra coisa. O povo já tava capinando de rijo no caso, e dizia que o mancebo andava já com muita galizia... Diz que adonde ele chegava, era tal proque assim, proque assado, proque sobrinho de Dona Guidinha do Poço... não lhe fartava nada. Mas no caso a tenção deles era outra... Bem que viam nele a menina dos óios dela! Aquilo era tratado pelos homes ricos à vela de libra, e tava até ficando ca cara trocida mode que de grandor. Diz qui espaiava que non era pra se casá com matuta do Ceará, qui são umas brutas...

A Mercês desembuxou a valer. O marido, meio abalado na sua opinião, passou a noite mal; e bem cedo mandou o Néu tirar o leite das poucas vaquinhas de verão, indo pôr-se de tucaia para verificar com os próprios olhos se o Secundino havia dormido lá dentro ou se num dos quartos externos, como fazia dantes.

Com pouco, lá vai o Naiú pegar o cavalo do Seu Secundino, e Sua Senhoria apareceu do interior com uma cara lavada. Seu Antônio deixou cair a cabeça, fez o pelo-sinal. Seu espírito ficou balançando como o ramo donde voou uma ave.

O Quim demorou na vila, para não fazer viagem na primeira segunda-feira de agosto. Andava sofrendo do fígado, dizia. O seu velho e bom amigo o cirurgião Sampaio havia chegado de longo passeio à Corte, aonde fora gozar os seus vinténs e tratar da colocação de um filho bacharel, que já se achava habilitado para juiz de direito, e como de fato o encaixou.

Esse resultado e mui outras novidades contava o cirurgião ao Quim, que ao mesmo tempo o consultava a respeito dos males que dizia sofrer.

– Você não tem nada nesse fígado! respondeu o prático, maliciosamente. São cismas. Você tem alguma coisa... lá isso tem, mas, a falar verdade, não posso saber o que será...

– Acha bom então eu ir à Capital?

– À Capital ou ao Rio de Janeiro, que aquilo é que é terra! Viajar far-lhe-ia muito bem... Viajar! Que recurso enorme para certos males!

O Quim voltou satisfeito com o abalizado conselho.

E o Padre, ao saber disso:

– Vá, homem! Vá ao Ceará, ao Rio mesmo, se precisar, ou ao Recife, que é um lugar importante.

O homem tomou jubiloso o caminho do Poço da Moita. O cirurgião Sampaio lhe dissera que fosse consultar aos médicos da Capital... Quando a Guida o soubesse concordaria logo, porque a palavra do cirurgião era uma sentença para aquele povo. Ele ia, mas sim para conversar longamente com o Padre Brasil, chefe do Partido, a respeito da melhor maneira de realizar o seu desquite... que no sertão não havia gente bastante enfarinhada nessas questões:

– Aquele Padre João Franco só tem é prosa! – dizia de si consigo.

Estrada afora, parou em casa da Aninha Balaio. Esta achou que ele andava meio cabano:

– Terão le botado feitiço? Ói lá! Non vá caí nalgua. Deixe-se de andá pandoiando...

– Feitiço só pega quando Deus é servido, Aninha. Faça-me lá uma xícara de café, ande.

– Agora isso é assim mesmo. O Cão também tem os seus poderes, para castigo dos pobres pecadores. O Major não conheceu a Chicorra? Aquela que esteve com o Capitão Chiquinho? Apois um dia ela entifou em querer que o Manuelzinho da Minervina fosse aquele dela, mas o minino só fazia negá o estribo, que a cabra mesma era munto da enjoada. Ela fez quanta urucubaca havia neste mundo! Um dia pegou nus osssos de minino pagão, que de nada lhe serviram, e desesperou-se e queimou... Mas o caso que queria dizer era este. Que a cabra um dia fez café de sapo torrado para o minino, mais porém o minino não foi quem bebeu. Quem bebeu foram as amigas dela, a Anastácia e a Joana Boneca...

– E não ficaram doentes?

– Não ficárum, não, porque não era pra elas.

O Major sorriu. Que ela não lhe fosse dar também café de sapo torrado...

– Não vê! Esta mesma anda bem com Deus e a Virge Maria, e não tem sua alma para nogócio...

Ao partir, o Major pagou-lhe com uns dobrões o café e a seca. Deu de rédeas, dizendo a rir que se lhe botassem feitiço, viria ao seu consultório. E largou-se.

O calor lhe batia pela direita, um pouco para a frente. A estrada seguia, procurando desviar-se dos pontos mais acidentados, talhada amplamente entre as duas bordas de mato.

Mão na rédea e mão no cabo do guarda-sol aberto, lá se ia o Quim com ar de vigário, o olho meio pisco pela quentura. O cavalo, caminho de casa, marchava ligeiro e macio que fazia gosto. Ali pelas nove horas deixava à direita a estrada real, depois de dar bons-dias ao Arão, e com um pouquinho galgava o pátio da fazenda. Seu Antônio foi receber o amo com ar de quem ampara um doente. Muita solicitude. A Guida estava comendo melancia lá para detrás, e ao ver o marido reapareceu:

– Oh! Pensava que não vinha mais! – disse com uma cara muito singela.

– E por que não?... Consultei o cirurgião Sampaio... Não te disse que ia vê-lo?

– Consultou? E o que disse ele?

– Disse que não pode saber o que eu tenho...

– Ah!... – E é de opinião que eu viaje, que vá até mesmo à Corte, se for preciso, porque lá...

– E por que não vai?

– Você que acha?... Eu queria ir somente ao Ceará. Creio que... A mulher encolheu os ombros. De dentro ela estava dizendo que se tivesse ido ontem, hoje já fazia um dia.

E disse:

– Eu acho bom. Mas então, é ir logo... Com a saúde não se brinca...

Depois, tornando-se a pouco e pouco expansova, combinou prepararem as coisas de modo que o marido partisse naquela semana.

Então o Quim, que se estava fazendo conversador, contou o caso do crime de Lulu Venanço. Ela já sabia. Matara a mulher com uma facada no peito. E tinha a participar-lhe, sobre esse tanto, que o Lulu viera se valer dela, que amanhecera escondido no cercado, que ela o fizera montar a cavalo e seguir acompanhado pelo Naiú e o Silveira para o Riacho do Sangue...

– Você fez isso, Guida?!

– Fiz, sim. E você também não homiziou ao seu sobrinho?

– Não, mas é que nós estávamos de cima. A política...

– A política é pra lá pra fora. Aqui dentro somos nós.

– Está bom! – acordou por derradeiro o Quim. – O que está feito não está por fazer.

E largou-se para a casa do Antônio.

A Guida, vendo-o pelas costas, deu linha aos seus pensamentos íntimos:

– Será que este homem se julga mesmo doente de verdade? Ou estará ficando doido?... Não haverá ali dissimulação de alguma trama?... Quererá vingar-se?... Naturalmente, fazer que está longe e aparecer de sopetão... Pois está muito enganado! Verá! O boi sabe que cerca fura.

Bufava. Mas quando a raiva lhe era extrema, concentrava-se para a ação, e não gotejava pingo de palavra. Começou a viver sempre de prevenção contra qualquer hostilidade, e muito dengos para o Quim.

O Secundino aparecia agora raramente no Poço da Moita, isto é, na vivenda, visto como era morto e vivo no rancho do Silveira, que de sua parte Guida frequentava também com alguma assiduidade.

O Quim notara que uma vez por outra chegava um brochotezinho do agregado com recado para a Guida, que a Carolina mandava, e a Guida se largava de pano na cabeça. Um dia perguntou ao Seu Antônio que conluio era aquele da baixa. Seu Antônio que respondeu? Respondeu assim:

– Não sei, Inhor, não. Pois eu já não disse a Vosmicê que daquela gente de Silveira só quero a distância e o sussego? Falam muito deles, mais gente minha não se involve nisso. Eu sou home muito fora de certas coisas.

– Mas o que era que falavam?

Sabia lá! Entrava-lhe por um ouvido, saía-lhe pelo outro. E com intenção: Só sabia, sim, que quem bem me avisa meu amigo é. O cumpadre que deu tanto valor àqueles forasteiros, é que sabia o que eles valiam. Antõe

Morera não era gente de dixe que dixe... O cumpadre porque também não dava uma volta por lá?...

– Para quê? Não perdi nada lá...

– Mais tão debaixo do seu facão. O cumpade não deixa de arrespondê pelo que se passa nas suas terra... Mais isto non é de minha conta. O cumpade dê licença, eu ainda hoje tenho d'i no Timbó.

O Antônio saiu remoendo: Por que é que o amo parece que receava ir à baixa? A cumadre ia lá tanto... O homem mó de que tinha medo de si... Seria possível que ainda estivesse de olhos fechados? Não, não era, mó de que ele estava era manhosando pra fazê alguma... Em que andava ele metido, minha Nossa Senhora! Bem razão tinha a Mercês: passar os bichinhos no cobre, que ali não podia deixar de acontecer algum destroço.

O certo é que, antes que findasse a semana, houve uma rija altercação na vivenda, resultando daí o Quim botar o Secundino de porta fora. O Néu testemunhara a cena, e chegou em casa contando: -M'pai, o negoçó tá ficando feio... Não sabia? Pois ele tinha ido falar com Seo Major pra dizer que a vaca que ele queria que matasse pra matotage estava amojada, que era melhor matar a Ponta-baixa, que estava enxuta e há dois anos não tomava cria...

– A Ponta-baixa? antes matar aquela roxa...

A roxa era piauí e estava magra... Mas então o Seo Major estava assim assentado no canapé, e o Secundino recostado na cadeira grande de couro, fumando charuto, que era coisa que aquilo ele não largava. E Seu Major vai e diz assim:

– Pois o senhor está na obrigação de se justificar, modificando os seus hábitos, indireitando o seu procedimento. O senhor bem sabe que a calúnia só quer é um pezinho...

– Hum! fungou o velho, como sentindo uma inhaca. Tratando por senhor? Tavam bem principiando, na verdade.

– E vai o Secundino se alevanta e arresponde: -Não tenho nada que me justificar.

– Hum! Ah, eu lá!

Vai o Major rebateu que tinha, sim. Então o Secundino puxara um papel do bolso, e dissera:

O senhor é que me deve dizer o que é isto. Os nossos parentes estão certos de que eu aqui sou um infame por causa das calúnias do senhor, que o senhor mandou dizer-lhes. Esta carta é do tio Pedro Paulo... O senhor sabe o que escreveu a ele...

– Sei, sim, disse o Major, levantando-se e gritando, amarelo. Pedi que o fizessem retira daqui!...

– Oê! A mina já tava ardendo quando eu nem desconfiava, pelo que me tá parecendo, disse o Antônio.

O Néu continuou:

– O Secundino inchou nas apragatas, e quando vi foi cada quau gritando mais improado, e por derradero o Majó dizê: "Puxe pur aqui, seu cachorro!" O home tava segurando na costa da cadera, cum se quisesse quebrá a cara do outo. O outo non teve dúvida. Saiu cumo um raio, pulou no cavalo, que tava no terrero e avoou no caminho da Goiabeira. Eu cá dixe assim comigo: Arre, diabo! Conheceu home!

– E onde estava a cumade Guida? – Acho que tava lá pra dento. Aí fora só tinha eles dois.

O Antônio, vista a marcha dos acontecimentos, foi conferenciar com a mulher, que se gabava sempre de ter o pensamento fino. E resolveram: Vamo-nos embora com Deus e a Virge Maria!

Já o vaqueiro havia contrado a venda dos seus novilhotes, e na primeira feira empurraria o gado erado. As reses não estavam por muito preço, mas paciência.

Entretanto, como que o diabo mesmo as estava tecendo. Dois dias depois da rusga dos dois parentes, aí vem mesmo certinho um motivo irrecusável para despedida do velho vaqueiro dos Reginaldos. Deu-se assim:

Vinha chegando o Silveira, com as suas alpercatas: checo-checo, na sola dos pés, chapéu no olho, cacho na testa, paletó preto velho por cima da camisa, e esta por fora da ceroula.

O Quim, deitado na rede, no cupiá, senta-se e o chama e conversam baixo, animados. Era ao pôr do sol. O Quim ergue-se e entra para a sala, dizendo com evidente enfado:

– Pois eu não esperava isso do senhor!

O outro vai entrando atrás dele. É o tempo que o Antônio vem pelo corredor com a Guida, que o mandara chamar para dar-lhe umas ordens.

– Pois não tinha qu'esperá senão isso! disse o Silveira. Eu não posso negá entrada em minha casa a quem nunca me ofendeu até o presente. O senhô pode fazê o que quisé, que a terra é sua...

– Agora, vira-se o Quim com uma raiva contida a meio, a culpa é minha. Bruto! Bruto! acrescentava dando cocorotes em si mesmo. A culpa é minha... porque você foi sempre um cabra muito ruim! explodiu.

O cabra, animado pela presença da ama, como o novilho meneando os chifres para a briga:

– Seu Majó, Vossa Senhoria saiba que este cá non é cabra de Dá ca tua quenga, não! É verdade que eu cheguei aqui cumo lá diz, como pobe tatu... mais porém tenho visto mundo e as capa do fundo pra adquiri cum que me arremedeie, e a sua muié qui non me dexe minti...

O Antônio ia-se chegando para o pé do amo, como quem não quer e querendo.

– Há muito tempo que eu conheço as suas gentes de Pernambuco, prosseguia o ex-retirante. Os meus moleques non têm qu'invejá a sua branquidade, e no mais... o aleio busca seu dono. Vosmicê me chamou cabra ruim, primita que eu corresponda: Mais ruim é quem me chama...

O fazendeiro ia ficando fulo. Autoritário e cobarde, grita como fizera ao Secundino:

– Por aqui, seu cachorro!

Mas, pelo brando, o cabra, sob o olhar animador da ama, vai caqueando nos cós:

– Inda mais este bafo! – rosnou com um sorriso canalha. Vosmicês pênsum qui tatu põe ovo e que no céu tem moita...

E quando se viu foi aquela parnaíba desembainhada, que o cabra tinha na mão. Mas, antes que se mexesse, cai-lhe em cima a musculatura do vaqueiro Antônio, com um urro:

– Cabra, não faça ação!

O Silveira largou a faca e escapoliu, vendo que era trabalho perdido. Quando o Antônio olhou, achou-se sozinho com a faca na mão, e ali o Quim muito amarelo, sem poder pronunciar uma sílaba. A Guida havia desaparecido. Tinha-se trancado na camarinha. O vaqueiro, então, com um ar de solene desprezo, sacudindo a faca no meio da sala, saiu dizendo para dentro:

– Cumade, eu não fico mais neste lugá. Faça favô de ajustarmos contas amanhã, que eu amanhã não anoiteço mais aqui, pelas horas que são.

III

Meia dúzia de patacões no fundo do baú não são falsos a ninguém, e o Seu Antônio havia apurado lá os seus. Criara juízo a tempo.

Desde que passara de fábrica a vaqueiro, soubera tirar todo o proveito dos quartos que lhe cabiam, não os vendendo em garrotes nem novilhotes, mais em bois refeitos, e deixando sempre o gado fêmeo para dar cria e aproveitar os queijos. Estava, pois, armado contra a emergência. Entretanto, não era sem violentar-se a si mesmo que abandonava assim, à laia de retirante, da noite pro dia, o Poço da Moita, onde gastou os anos da mocidade, gozando ainda hoje a lembrança dos bons tempos do Capitão-Mor Reginaldo. Torcia o rosto, para não lhe descobrirem o contrafeito da fisionomia. A Mercês era toda arrumação. E às duas horas da tarde, cargas acima, tudo a cavalo, meninos nos costais de mala e na garupa, lá descia talvez para sempre o alto da fazenda o rancho do velho vaqueiro.

A Guida, por mais que fizesse, não pôde reduzi-lo a ficar. O homem dera com a cabeça para um lado, e acabou-se. Foi, contudo, generosa. Comprou-

-lhe a casinha com as benfeitorias, as cabeças de criação, as vacas paridas, e fez seus presentezinhos aos meninos, com especialidade ao afilhado.

Isto mais compungia Ao vaqueiro. O Quim teve com ele uma larga conferência, e lhe pediu que viesse no dia seguinte para entregar a vaqueirice ao João Tanguera.

Pobre Quim! Deu um apertado abraço de despedida ao seu comovido campônio.

Andava sobressaltado o Major pelo repentino rompimento com o sobrinho, por trás do qual aparecia a insolência assassina do Silveira. A Guida lhe fizera ver, a estradeira! Que tivesse juízo, que não fosse precipitado. Ele fingia acreditar nisso para evitar um maior mal. Desconfiava, porém, com fundamento, que o Secundino por força que andaria tramando contra ele.

Por seu lado, o outro cogitava o mesmo a seu respeito. De fato, na véspera da partida, que tinha demorado, apareceu por baixo da porta o seguinte ultimatum, mal escrito em quarto de papel machucado:

"Sr. Major Joaquim Damião;

Temos a certeza de que o Sr. tem aproposito di mandar três peçoas deste lugar para u outro mundo porém tenha sentido no bote que pretender dar v. s. se ouver uma hora de diferênçia no açalto Que imprende, aviso-lhe como Amigo que não hade ter tempo de arrepender-se do que fez porque do que ficar no correr desta hóra o menor pedaço que lhe deixa he a urelha.

O Amigo da Paz."

O Quim estremeceu. Ali andaria dedo da Guida!

Não teve dúvida. Era o dia de fazer viagem para a Capital. Partiu.

Aí chegando, porém, em vez de consultar ao facultativo, foi pedir garantias para a sua vida ao Chefe de Polícia, e aconselhar-se com o Padre Brasil a respeito do desquite. O amigo respondeu-lhe às diversas impertinências: que só aprovava o divórcio não sendo possível nenhuma conciliação, que neste caso seria mais conveniente para a tranquilidade do seu espírito que antes de sentença do juiz eclesiástico a mulher não podia dispor livremente dos bens, mas ele sim; que ela tinha direito de pedir em juízo que lhe desse alimentos, e o juiz poderia marcar-lhe uma diária razoável...

E mais não sei quê. Naquilo, finalmente, em que lhe pudesse prestar serviço, estava ao seu dispor.

Quanto ao Chefe de Polícia, este lhe assegurou nada mais fácil do que prender ao Secundino, se incorresse nisso, pois, acima de tudo, a lei e o prestígio da autoridade. O Quim declarou que se a autoridade quisesse pegava-o, porque o sujeito fazia muitas. E tratou, por exemplo, do defloramento, da intriga com o Dr. Motezuma, e queijandos antecedentes.

Pois guardasse segredo, disse-lhe o chefe, e deixasse estar, que ia determinar ao delegado que tomasse a peito os negócios do Major, que lhe concedesse licença para andar acompanhado de gente armada. O Major que se considerasse garantido: ia mandar reforçar o destacamento, com praças de linha, e escreveria também pelo Major ao Dr. Montezuma, pedindo informações.

Eis volta o homem para o sertão com a cabeça cheia de caraminholas, na crença de que o Secundino seria breve catrafilado, restabelecendo-se dessa feita a paz doméstica. Segredou esta convicção ao Vigário:

– Pois sim, pois sim, concordou o sacerdote: que o consiga são os meus votos!

Entretanto, nada de tornar ele para o Poço da Moita.

– Você assim está demonstrando que repudiou sua mulher, Major! – interveio um dia o cirurgião Sampaio. Não dê o seu direito a ninguém.

– Não dou, não; eu irei, mas quero apenas tomar altura...

E remanchando, remanchando, não ia. O povo é que firmava de mais em mais o seu juízo a respeito. Era, então, verdade o que se espalhava? Uma ocasião até o homem, referindo-se à mulher, dissera um nome feio...

O Reverendo João Franco, vendo a hora que o escândalo ficava irremediável, aproveitou depois da missa o ensejo de uma confissão e se abalou para o Poço, a ter com a Guida.

Ia pelo caminho imaginando num meio hábil de tocar no assunto. Agiria. Aceitaria descanso e almoço. Perguntaria quando vinha o Major... E dê-lhe por aí, Seu Padre João!

Olhava para o azul, implorando auxílio dos seus Santos, ao passo do cavalo. As pombas de bando, que estavam com pombal no Serrote do Camaleão, passaram para o Sul, de enxame em enxame, produzindo no ar o intenso fru-fru de milhares e milhares de asas. Começavam os bandos a sair desde o clarear do dia, até o sol alto, e à tarde desciam para o pombal. O Reverendo parou para contemplar uma enfieira interminável delas, pelo céu além, de horizonte a horizonte.

Alguns pequenos bandos desgarrados, mais perto dele, faziam um zunido trepidante, em voo menos alçado, cortando o vento.

O mato, de todo seco, estendia-se debaixo do céu, com uma aparência de cabelos estaqueados, avistando-se o solo a grande distância por entre os garranchos. Lá um ou outro tufo amortecido de fronde vivaz.

O Reverendo mirava aquilo em derredor, e, na emoção, deprecava para o Altíssimo:

Providência admirável, que nutria aqueles milhões de seres vivos naqueles desertos, que com uma gota d'água ressuscitava aqueles matos secos e cobria de suculenta pastagem aquele chão estorricado, se lembrasse também do coração humano, da alma humana que é de essência divina, e não os desprezasse! Ajudasse-o na missão aque ia! Senhor, vós dissestes: Antes atirar-se ao fundo do mar com uma pedra ao pescoço do que dar escândalo! Que ia ele fazer? Daquilo dependia a paz e a salvação de muitas almas! Senhor, concedei-lhe a divina graça...

Daí, pediu a Nossa Senhora, e não sei mais a que Santos.

Apeou no Poço muito confiante.

O certo é que da Guida não colheu proveito.

Quando o Reverendo, depois de palrar uma porção de coisas, teve ânimo de declarar que viera formalmente para aquilo, a matrona se mostrou surpreendida. Que não sabia de nada, não. Julgava que o Seu Quim se demorava na vila era para estar mais perto do cirurgião, pois por doença é que armara a viagem à cidade do Ceará. Então ele falava em divórcio? Estava doido, coitado! Divórcio quem podia requerer seria ela pelos maltratos que ele lhe dava. O Seu Vigário bem sabia que ela casara com aquele homem para fazer os gostos do pai. Há mais de dezesseis anos, só ela sabia a vida penosa que vinha suportando...

O Padre enfiou. Em todo caso, podia contar com a boa vontade para qualquer conciliação?

– Por certo, respondeu a Guida, quem não deve não teme!

Retirou-se o Padre do Poço da Moita já de tarde.

Guida tratou-o como de costume, à vela de libra. Deu esmola para obras da Matriz e mandou dizer mais uma capela de missas por alma da tia Anginha.

Ficou olhando para o rumo onde ele desapareceu na baralha do cavalo, sob o guarda-sol aberto. Abençoada fora a sua vinda! Abençoada ou maldita? Estremeceu com esta disjuntiva.

Mas não era mulher para recuar. A quem Deus prometera um tostão não dava um milhão, e ela estava disposta a tudo, bem ou mal. Estendeu o braço para a direção onde ficava Cajazeiras, em ar de juramento:

– O Major Facundo, na Capital, foi pela noite: mas tu serás ao meio-dia em ponto, Major de borra!

E ficou meditativa.

Era pois verdade tudo que lhe vieram dizer a respeito do marido! Bastavam aqueles bons ofícios do vigário para prova de que o Sr. Quim andava fora das estribeiras. Mesquinho, mentiroso e infame! Ir à Capital, com partes de doente, para queixar-se à polícia que o Secundino o queria matar e pôr na lama a honra de sua mulher! Intentar divórcio contra ela?... Por adultério?... Que estava sendo ela então para todo o Ceará, para todo o mundo, que a ruim fama corre mais que o pensamento, senão uma morixaba? Era mister uma desafronta capital de semelhante injúria. Questão de ponto de honra.

Assim gerou-se-lhe uma ideia sinistra. Não era mais a mulher, nem o marido, nem o homem, senão o indivíduo, independente de sexo e condição, o espírito do bárbaro sertanejo antigo, reincarnado, que queria vingança à luz do sol.

IV

Pobre Major – ia dizendo consigo o Padre João – o teu leito nupcial nunca passou de uma obscenidade! Lá a minha Maria, essa eu não posso tê-la na minha casa: é burra de padre, é amásia, é concubina, e os meus filhos são iligítimos... O teu leito nupcial nunca passou de uma obscenidade, meu Major!

De fato o Padre estava convencido de que a Guida sempre repugnara ao Quim, e de que ela o recebia com o apetite carnal faminto, sim, mas não com o gosto consciente do gastrônomo. Não equivalia isto a uma prostituição? Que de honesto podia haver nesse leito matrimonial não purificado pela inclinação recíproca? Era prostituta, e daí para o adultério, um triz.

Aquilo sim, era obsceno. Lá ele, com a sua Maria, não trocava o seu pecado, que Deus bem via, pela honestidade de certos casamentos... Bem faziam os que tinham em casa a amásia. E depois, o prazer da existência consistia na vida de relação. E para isso era de ver-se o esforço constante que fazia o homem, selvagem, bárbaro, ou culto, por divertir-se, por mostrar-se, por ter glória, por tudo enfim que resulta da vida em sociedade. Ora, o primeiro passo para essa vida de relação não será pelo amor, transição da vida vegetativa para as altas e nobres funções do sentimento? Guida não teria sido vítima dessa tendência? Por outro lado, uma pessoa que se deixa arrastar por um amor, seja o mais ilícito, o mais impossível, vive em ilusão, e se julga sempre santamente martirizada por um sentimento justo...

– Quem estiver isento de culpa atire a primeira pedra. Bem disse o Divino Mestre – concluiu o padre. E lançou um olhar reverente para o azul.

Vinham voltando para o Norte as pombas de bando que passaram pela manhã, e desenvolviam no espaço aquela serpente gigantesca, ora estreitando-se, ora avolumando-se, miríade de asas fremindo ao sol vespertino numa tremura de água corrente.

O Padre João lembrou-se da sua invocação à Providência, que fizera de manhã por aquelas paragens.

Vinha satisfeito com o resultado da sua missão, pois não esperava encontrar a altiva senhora em tão boas disposições para com o desasado Major. E, meu Deus! Na realidade, que fazer com o pecado? O pecado não vinha do primeiro homem? Parecia estar mesmo no plano da natureza, aliás, de onde saíra o homem, humano e limo da terra como lá estava na História Santa. Na verdade, que era feito de todos os gérmens? O gênero humano não tinha que abrir exceções. As ovas dos peixes andavam por aí em salga, para manjar dos glutões. E os peixes multiplicavam. A cajazeira do seu quintal cobria o chão de cajás, dos quais raríssima porção preenchia o seu destino. Aquele nunca acabar de pombas de arribação, que lhe iam diante dos olhos, passando, passando como nuvens, punha uma infinidade de ovos, sim senhor, e os répteis, os urubus, e quanto bicho havia, e o homem, que os apanhava às cargas, davam conta da mor parte. Que faziam aquelas revoadas de periquitos, que voltavam do arvoredo fresco do rio? Destruir os frutos ainda verdes com uma prodigalidade de herdeiro estróina. E de que traziam os papos repletos aquelas mesmas pombas de bando? Do grão das espigas do pasto maduro. E nada se extinguia. Assim, a prostituição, a masturbação, a pederastia, os incestos, os adultérios, as modas, o espartilho, o luxo, toda essa coorte infernal de vícios contra a castidade, e contra a moral, e contra o bem-estar, a destruir, a amesquinhar, a esperdiçar de noite e de dia o óvulo humano, não atrasava de um segundo o *crescit et multiplicamini* do livro santo. Quem podia dar combate ao Pecado sem arcar assim contra o plano tenebroso da matéria? Altos mistérios de Deus! Quem estivesse inocente pegasse na primeira pedra...

A estrada, ali, seguia por perto do Rio dos Bois, que vinha da vila. A imensa coluna do exército alado, daquela cor mesmo chamada roxo-pombo, fazia um seio até certa zona de mato verde, que aparecia a pouca distância. O Padre seguia em proporção de ouvir os tiros dos caçadores, nas bebidas, pois que era para beber nos poços do rio que as pombas desciam ali.

Muito bem! O Padre já sabia que ia cear avoantes àquela noite. Não deixavam de levar-lhe a caça, de que era muito afeiçoado. Chegou em casa já com escuro. O vizinho, Dr. Motezuma, tinha agora o sobrado um dia por outro em danças, modinhas e brinquedos frequentados. Lá estavam, pelo moceiro e pela rapaziada do lugar, num fervet opus, risadaria, talvez colocando-se para uma quadrilha, ao toque de rabeca e viola.

Como iam mudando as coisas! Não sabem para que o Juiz abria suas portas àquela troça? Para casar a Lalinha com o filho do Cambute, o chefe liberal, Pedro Maria de Albuquerque, hoje em dia coronel comandante superior da Guarda Nacional da comarca!

O Padre não levara a bem esse casamento, e não podia disfarçar a contrariedade. O Montezuma, que tanto lhe devia, ia dar sua filha ao pimpolho, filho de um chefe adversário: filho do Cambute!

– Esses juízes, esse juízes!

Por seu lado o Dr. Montezuma com o dito consórcio ficava a duas amarras, o que era excelente modo de ficar: parte da família ia para os conservadores e parte para os liberais. Se partidos mais houvera, cada um teria também a sua parte. Era um meio inequívoco de estar sempre de cima.

Lalinha fora pedida, na realidade. Casaria lá para janeiro. Cadê o Secundino? perguntava a si mesma. Nem mais se lembrava do antigo cavalariano, cansada de sofrer.

O Cambute se havia mudado para a vila. Os filhos andavam emplando de duro. Podera, estavam de cima! A menina fora apreciando ao Tonho deles, que era também meio corrido e ladino (fora caixeiro no Recife), e se realizou a substituição. Também já era o tempo que corriam coisas muito feias acerca do escândalo do Poço da Moita, contribuindo isso para afugentar mais depressa do pensamento da donzela a imagem ora depreciada do Secundino.

Os hipócritas são finos conhecedores do coração humano, e evitam sempre o escândalo, isto é, a evidência do mal.

Pois, minha gente, a Guida tinha lá juízo? Fazer até o marido sair de casa ultimamente, por amor do não sei que diga de um homem que parece que só sabia era abusar das pobres das mulheres? E sem guardar conveniências!

E assim é que foram ilhando a Guidinha, diante de quem, aliás, (quando tinham ocasião de vê-la), faziam a mesma cara alegre de antes. O Secundino é que se tornara, na verdade, geralmente antipatizado.

V

O vigário ficou aborrecido com o Quim. Tendo alcançado da Guida tão boas disposições, o diabo do homem todavia batia o pé que não voltava para o Poço! E já não era aquele moleirão, que se queixava como uma criança! Nem confidenciava mais com o Padre.

Este arregalou os olhos:

– Na! É assim?... Ora vão bugiar!

O Miguelzinho do Vavaú largou-lhe uma gargalhada maliciosa:

– Ora, Seu vigário, pra que ele há de voltar lá, se não pode entrar na porta?

E discorreu pelo miúdo sobre o assunto. A missa ainda custava bem um quarto de hora. O vigário era mesmo amigo de uma secazinha aos domingos, no consistório e sacristia, antes de celebrar.

O Miguel, com os seus beiços grossos e a sua barba afogueada, contou-lhe que, na qualidade de parente, tinha ido interpor também os seus bons ofícios perante a Guida, em favor do marido.

Havia-lhe falado franco. Ela porém saíra-lhe com quatro pedras na mão, que ele se importasse consigo, que não era pesada a diabo nenhum, que não era conta do seu rosário, etc. Mas ele danou-se foi com a grandíssima da estúpida trazer pra frente a sua defunta mulher, dizendo que ele a matara de desgostos por amor de umas certas coisas... Aquilo sempre fora muito ruim, aquela barbada! Deus lhe perdoasse a ele, mas não queria achar o que o Quim achou... Só mesmo cum bestalhão daquela ordem poderia ela ter casado. Por que nenhum rapaz do lugar se casou com ela?...

Note-se que dos parentes, continuava ele, fora o único que não deixou nunca de frequentar a casa dela ao depois que todos se foram retirando mó da tal história do Secundino. Diabo da ingrata! E vir com aquela infâmia de ele maltratar sua defunta mulher!... Também ele fora logo lhe atacando que ela podia dizer o que lhe viesse às ventas, porque naquela casa não havia ronco de homem.

– O besouro também ronca.

Vai-se ver não é ninguém... foi o que ela lhe respondera.

O Padre não gostou deste cavaco do fazendeiro. Ficara calado, deixando-o dar à trela. Fazia muito melhor ideia da Guida com que havia tratado até ali.

As janelas do consistório, verdes, na grossa parede branca, abriam para a sombra do edifício, e para a atmosfera abafada do tempo entrava, com o ar exterior, o sussurro da conversa dos que esperavam a missa a formarem roda na porta do lado.

O vigário que, com os cotovelos para trás, apoiados na comprida cômoda dos paramentos, escutava o Miguel, deu alguns passos até às janelas do fundo, para fazer ablução das mãos.

O outro acompanhou-o. Metia as botas agora no Secundino, a quem chamava barão do Poço, que, além de lhe haver maculado a honra da família, desencaminhara a Guida da boa razão com as suas prosas de pernóstico. E quem lhe havia dado a mão – dizia o Vigário, voltando-se de súbito – não teriam sido mesmo Suas Mercês?

– É exato, mas... Seu Quim...

– Nada, não senhor! E aí está o nosso mal, replicava o sacerdote. O cearense só acha bom o que é de fora. A freguesia tem aqui muito rapaz bom e trabalhador, que vive sabe Deus como, e nenhum rico se lembra de ajudá-los. Venha, porém, um de fora... venha um de fora, Deus me perdoe, e dão-se-lhe até... as mulheres!

Franziu o sobrolho, a enxugar as mãos, misturando a sua indignação contida com o seu latinório.

O outro embatucava: por seu lado não era tanto assim, dizia... Mas o Seu Quim...

Acertou justamente de entrar na sala a corpulência deste senhor. Falar no mau... Trocaram-se os apertos de mão e bons-dias do costume, e se fez um silêncio. O vigário disse a costumada banalidade:

– Que há de novo?

– Ah, disse o Quim, o Chefe de Polícia e o Padre Brasil escreveram. Vou intentar ação de divórcio, gaste o que gastar!

Abrindo o longo casacão de pano fino, puxou do bolso de dentro umas cartas, e fez menção de apresentá-las ao vigário.

– Deixe pra logo! acudiu este, repelindo brandamente. São horas de paramentar-me.

E seguiu. O Miguel ficou parolando com o contraparente, de ponta que estava com a Guida, atiçando ao coitado. Aquilo era uma esta, uma aquela. Atacasse, que o público era em seu favor. Haviam de ver Deus por quem é. E uma vez divorciada, ela que se arranjasse com o pichote...

O Quim segredou-lhe que contava com duas testemunhas de papoco, o Néu mais o pai; o primeiro presenciara a sua pega com o sobrinho, e o segundo fora o próprio a desarmar o Silveira, quando este puxou pela faca...

– E onde andam eles?

– Estão no Sitiá...

– E que tem o divórcio com aquele seu cortabrocha e com o Silveira?

– Que tem?! E o patrocínio resultante que a Guida dispensa ao cabra? Não, por trás de tudo aquilo só cego não vê a sombra dela...

– Mas não diz que basta o adultério para produzir o divórcio perpétuo? obtemperou o Miguel.

– Sim, porém o adultério... titubeou o marido injuriado, sempre é vergonhoso... Não digo para ela, mas para mim e para vocês. Eu posso provar insídia por parte dela contra a minha vida. As insídias contra a vida, as sevícias graves, as sugestões criminosas de um cônjuge ao outro, são causas do divórcio temporário, como lá dizem...

– Temporário?

– A minha questão é a divisão de bens...

– Homem, atalhou o contraparente, dando no ar um golpe com a mão, eu era logo – pelo tronco!

E discorreram intimamente até entra a missa.

VI

O Lulu Venâncio estava na terra, muito em segredo. Guida mandara buscá-lo ao Riacho do Sangue, enquanto o demo esfrega um olho. Chegara de noite ao Poço.

A matrona foi logo dizendo:

– Lulu, mandei-o chamar para um serviço importante.

O rapaz, entressorrindo e meio acanhado:

– Seá Dona, Vosmicê bem sabe que pra Vosmicê eu não me arrecuso pra serviço ninhum. Eu cá estou acostumado a servir aos meus protetores.

Guida havia tocado, anteriormente, para o mesmo mister que queria confiar ao Venâncio, a dois sujeitos avezados ao uso da faca e do clavinote, o João Grosso e o Caetano; mas o primeiro se acurvou com uma dor de uma banda, que sofria há tempos e lhe tirara a destreza, e o segundo foi logo dizendo francamente que o homem não saía da vila, tinha o mundo inteiro a favor, que ela mandatária estava debaixo, que por tudo isto o negócio não era nada seguro, e não era o filho de seu pai que pisasse em ramo verde.

Guida esperava, pois, tudo do Lulu, e empregaria a maior habilidade. Não foi preciso muito. Quando ela trouxe lá de dentro, na bainha escastoada de prata, um rico punhal antigo, que pertencera ao fundador do Poço da Moita, e o depôs nas mãos do criminoso, disse estas palavras:

– Dê cabo de mim ou dele: um de nós deve desaparecer!

O cangaceiro, sorrindo, recebeu a arma, que desembainhou, mirou como quem lê, admirou, e deu palavra:

– Suas ordens serão cumpridas, Seá Dona Guidinha!

Lulu Venâncio era ainda novo, meio branco, bem feito de corpo. Tinha um olho perdido e era quase imberbe. Botava à banda o chapéu de couro e então parecia bem um galo de briga.

Nessa mesma noite seguiu para a vila montando em bom cavalo, tinindo-lhe no bolso alguns patacões. Arranchou-se secretamente em casa da Aninha Balaio.

A Aninha:

– Que é isso, menino? Andarás agora perseguido da Justiça? Inquanto o cumpade Jom Perera fô delegado, tu não vai preso. Mas o Juiz de Dercito disse, em falando em ti, que era mio tu te apresenta po júri, que tu era absolvido por força...

– Eu não ando perseguido, mas... na verdade venho conversa com Seu Jom Perera pra vê qui conselho ele me dá – inventou o Lulu.

– É mió tu te apresentá...

Passou o dia. À noite saiu ele, dizendo ir ter com João Pereira, mas de fato ia certeiro à morada do Quim.

Tocaiou, cocou, e às 10 horas, bem escuro, se achou a sós com a designada vítima, que atravessava a praça da Matriz, vindo do jogo em casa do Dr. Montezuma.

Lulu desembainhou o punhal, e sem que o Quim o pressentisse, três vezes levantou o braço para avançar e cravar a arma no outro, pelas costas. Um sobrosso possuía-o toda vez que fazia menção de apunhalar, e gelava-se-lhe como que o sangue no pulso... Representava-se-lhe imediatamente a boca da ferida que ia fazer, o romper do ferro pelas carnes dentro, o coração rasgado de um talho... O pobre homem, que não lhe fizera nada, estrebuxando no chão, murmurando em voz sumida que o tinham matado, e ele escorregando pela noite, a fugir como um cabra...

– Que há entre mim e este home? Terá ele consigo alguma reza? – disse, metendo o ferro na bainha.

E retirou-se apreensivo para a casa da Balaio. Chegou inventando que não tinha achado brecha para falar com Seu João Pereira... Caiporismo dos diabos!

Passou a noite virando-se na rede de um lado para o outro. Abodegavam-lhe pelos ouvidos os chocalhos dos cavalos no cercado.

Pela madrugada sempre adormeceu.

Sol alto, acordou pela soada da Aninha com os camboieiros, na bodega. Sentou-se rápido. Procurou reunir os desencontrados pensamentos que lhe haviam roubado o sono... Ele, era exato, desde novinho ganhara fama de valentão... Tinha dado e apanhado muitas vezes. Dera facadas, cacetadas, bofetes... Mas (e descobria isto com alegre surpresa) nunca havia atacado ninguém a sangue-frio! Ferro e sangue, mas ali, em cima das buxas.

Ultimamente mandara a mulher para a melhor, mas como? Que home macho não faria o próprio? Ah, ele não era um assassino, não tinha natureza para isso! Aí está porque havia repugnado liquidar o Major! Seu olhar umedeceu-se. Entretanto, vivia tendo-se como tal, no cangaço, de um mandão dos matos, pagando com suor de escravo o couto que lhe oferecia o tirano. Teve um assomo viril. Diziam todos que seria absolvido no júri, pois seu crime fora pela sua honra. O júri nunca havia condenado em casos desses...

Quando a Aninha entrou, disse-lhe ele:

– Tomo seu conselho, tia Aninha. Vou entregar-me à Justiça...

– Hem? É o que já devia você ter feito, há que tempo! A esta hora já estaria livre...

– Vosmicê, já uviu, tia Aninha? mande entregá o cavalo em que eu vim, cos arreios, à Seá Dona Guidinha, e dizê a ela que fica o dito pelo não dito.

– Dito por não dito de quê?

– Não é nada... É que eu tinha ficado de passá lá... pra levá suas cartas... Ah, sim! Tem também Três patacões que eu devo a ela, estão aqui. Tem mais isto...

– O quê? Que é isto? Para que era este punhal?

– Era para minha defesa... Aquilo é uma santa senhora. Quando portege, portege!

E assim foi que o Lulu deu conta de sua missão. A Guida ficou pelos cabelos:

– Ah! Cabra cobarde, ruim, miserável! Não sei para que aquilo veste ceroula!

O portador foi o Silveira, que viera decretado à vila após o Lulu, para assuntar, mandado pela ama. E, vendo o furor desta contra o outro:

– Cumade, disse, estou cage li dizendo qui discanse seu coração, que seu caba veio dá conta do recado...

A Guida, com um assomo infantil:

– Se você for capaz, cumpadre, escolha uma das fazendas para si, a que quiser.

– Eu mesmo não vou não, cumade, que já tou munto mole pra estas cavalarias, mas porém tenho um discipo...

– Quem será?

– Quem? O Naiú! A Cumade não sabe quem está ali naquele molecão! Aquilo pra um Cabelera só falta principiar...

E ficou combinado.

VII

As avoantes continuavam na sua vida de sociedade, passando em ondas e ondas pela manhã e de tarde. Fazia um calor vermelho. Os periquitos, ao amanhecer, buscavam o verde persistente do rio, e no dia inteiro eram como uma infinidade de maracás a agitar-se por toda parte.

O pasto, dourado, ao longe oferecia vários aspectos. Nos baixos limpos era aquele frouxel, aquele veludo, e ao perto agitava pendõezinhos ao vento, acenando, acenando. Lá nas lombadas e collinas, pelas abertas dos matos pelados, amostrava-se como se o chão fora acamado de serragens de pau-cetim.

O Serrote do Camaleão estava semelhante a uma carapinha, aparecendo o crânio caspento. Outros amostravam uns tons arroxeados, de uma mistura de verde velho, de cinzento, e do barro vermelho com a rocha caduca.

O vento marulha e farfalha em alguma fronde viva disseminada por entre os carrascos nus; e, na zona do rio, chia pelos capinzais ressequidos, zune através do teçume lenhoso da galharia, chocalha nas folhas maduras, crestadas, prestes a cair.

Céu azul. Ventania revezada, com tardes calmas. A lua nova trouxe boa chuva alta madrugada, e fez bom tempo. Ao amanhecer, o rio exalava um cheiro de lama, e o solo dos matos um certo azedume.

Lalinha estava doida por um passeio com a sua troça ao Serrote do Camaleão, para ver o pombal. Aquele era um dia magnífico.

E lá se foram. O Tonho, do Cambute, comandava, e aquilo eram só piruetas e graçolas para aprazimento da noiva.

O Capitão Chiquinho, que ainda guardava sua velha paixão pela Lalinha, amor de caboclo, ia-lhe no cheiro; contava-se mais o Dr. Fernandes, que ainda não findara seu quatriênio de Juiz Municipal, gordo, metido em brim pardo e chapéu de Manilha; o Sabino do Bonfim, de óculos de fumaça no beque situado, sem rigorosa simetria, entre o par de costeletas; o Serafim, o Correia, o Andrade, o Silva Costa, amigos do Tonho; as filhas do Coletor, bem manteúdas, a mulher do Dr. Fernandes, Dona Madalena, duas manas da Lalá, e dois moleques com uma carga onde ia comida e borrachas d'água.

Dona Madalena, apesar de encapetada, sendo ali a responsável pelas outras, na qualidade de senhora casada, fazia por contê-las, que elas queriam também florear como os rapazes.

– Duro com elas, D. Madalena! animava o Sabino. Moça de mato é o Cão. São sonsas em casa, mas quando se apanham fora do olho dos pais...

As moças deram-lhe uma pateada, chamando-lhe cheira-sovaco, cara disto, barba daquilo. E ele gostando!

Duas reses iam entrando para o mato, por entre o pasto loiro, nédias como baié cevado e de pelo cetinoso como o de onça. Olha o Capitão Chiquinho que lhes bota o cavalo, e com ele o Tonho e o Serafim, sumindo-se em tropelia, mato adentro. Foram sair lá adiante.

– Oh, que gente boa pra vaqueiro! chalaceava o Sabino.

– Bem pudera eu fazer o mesmo! – lamentou o Dr. Fernandes. Aquilo é que é mocidade! Vigorosa, ágil, temerária. Se eu tivera sido criado assim...

O pombal ficava em lugar ínvio. De certo ponto em diante abandonaram a estrada, tomando pelo mato, olho no Serrote, ouvido alerta.

O arrulho gigantesco não tardou em se denunciar, semelhante ao barulho do mar ao longe.

O Bonfim largou a seguinte pilhéria grossa:

– Já oiço o bicho roncar, minha gente! Hoje volta tudo ovado...

Gargalhada do rapazio.

Lalinha pouca atenção prestava às conversas. Ali, ao descampado, na natureza, com o noivo, prestes a ver com os próprios olhos um pombal de avoantes e saciar a curiosidade, ia gozando de seu.

Da chuva da madrugada apenas restava ligeiro refrigério. O mato abria cada vez mais sobre a pastagem; e avançaram quase como pela estrada, tendo cuidado nalgum garrancho e fazendo voltas. Água da chuva depositada na folhagem não havia, para livrar; mesmo porque frondes já não existiam, a bem dizer, senão na mata, derradeira verdura do ano, lá no olho dos galhos, a parecer sombra de nuvem.

Já encontravam alguma pomba desgarrada. O arrulho era bastante intenso. A Lalinha soltou um grito de satisfação quando viu um galho cheio delas, e uma porção de ovos espalhados no capim.

Mais alguns passos, até um pé de catingueira, e arrancharam. Foi apear num ápice. Os dois escravos desencilharam os animais, que pearam, e armaram nos ramos das árvores, com as mantas e caronas, uma tapagem para fazer sombra.

O moceiro desapareceu logo, pombal adentro, e seguiu-se o rapazio, Dona Madalena fazendo-se obedecer sempre.

Ouviu-se uma delas gritar:

– Sabe quem falta aqui, D. Madalena?

– Quem?

– É a Dona Guida.

– Oh! a Dona Guida, que perna forte!

– Era capaz de ter trazido uma carroça com bebidas e manjares, e até música.

– Ora, ora!

– Se era!

Os rapazes tomaram para um lado e as moças para outro.

Lalinha fora das primeiras a pisar o solo, ao chegar. Não só pela crise sentimental, estado de noiva, como pela sua educação de praciana, impressionou-a vivamente aquele ermo. Achava um sabor delicado no chupar logo ali os primeiros ovos que apanhou. As pombas se apinhavam na esgalhada; e, adiante, mais ovos, e mais aves, por todo o sopé da linha de serros e escarpas além.

As outras gritaram por ela do fundo do bosque, lá para o centro do pombal; mas a fortalezense era pouco destra em transpor aqueles altibaixos amontoados de pedras, eriçados de árvores tortuosas e garranchentas. Depois, atraía-a aqui uma camazinha com três, quatro, seis ovos, à guisa de ninho, à sombra rendilhada do matagal; ali sob uns espinhos, outras e outras, ao pé das árvores, em cima dos blocos de pedra. Tinha pena de ver a devastação que elas próprias estavam fazendo! Que não pensariam delas as aves mães, que saltitavam acima de sua cabeça? No chão viam-se por toda parte cascas de ovos, que os répteis e os urubus haviam bebido. Foi penetrando, porém, aos bocadinhos, o mais adiante que pôde. Sempre em torno dela o mesmo chão arrevezado e pedrento, o mesmo bosque áspero e lenhudo, as mesmas pombas arrulhando a produzir, no conjunto imenso, um zunzum imponente de vagas marinhas. Olhou em derredor, e não viu viva alma. Gritou pelas outras. A voz perdeu-se no soturno do mato. Com pouco ouviu um ai!... que parecia do Tonho. A sua cestinha já estava quase cheia de ovos. Não teve dúvida: caminhou para fora do pombal.

Chegou ao rancho cansada e palpitante. Um dos moleques estava botando a panela no fogo. Repousou sentada na cangalha, depois de beber na borracha bons goles de água. Estava com fome. O almoço era um aferventado de carne seca.

– Estevão, cuida no café!

Já era sol bem alto. A corporatura alcantilada do Serrote alevantava-se fulva e solitária, indo-se por aqueles mundos. Por cima, as pombas cruzavam em diferentes direções, descendo para o pombal, ou dele partindo. Delineavam-se no horizonte serranias longínquas, e nuvens brancas em magotes alastravam o céu, vindas da Serra do Papagaio. Dois urubus peneiravam na altura do pombal, com voo majestoso, e se ouviam pios de gaviões. Lalinha, imaginativa, pensava na vida daquelas pombas de arribação. Para onde iriam elas d'ali, quando arribassem? Não tardariam a sumir-se por esses mundos, além, além...

Nisto sente quebrar mato, e com ligeiro susto avista algumas mulheres a carregar grandes cuias. Eram cunhãs que vinham apanhar ovos, certamente...

As mulheres a reconhecem e se aproximam:

– Ora, a Lalinha, Cumade Joana! Vosmicê que anda fazendo, por aqui, menina?

E analisando o rancho com a vista:

– Ih! mó que é munta gente! Cadê as outras, menina? Ih! Cumade, trouxeram inté burracha d'água, panela, chiculateira, prato, cuieres...

– As outras estão aí pelo pombal, respondeu a moça.

E ela ali tão sossegada? Apois não sabia? A casa do papai dela estava entupidinha de povo! disse uma, pondo ao chão o que trazia na cabeça, e ficando-lhe a aparecer as clavículas ossudas.

Que povo era esse?

– Ai, minha gente, ela mó que inorava ainda? Apois nan sabia qui tinham matado o Majó Quinquim?

– O Major Quinquim?! Mataram o Major? Quem foi? Oh, meu Deus! eu bem que estava sentindo um aperto no coração – exclamou a menina, que entrou a gritar por Dona Madalena, pelo Dr. Fernandes, pelo Sabino do Bonfim, pelo Tonho, como que assombrada.

Fora o Naiú quem o matara, aquele mandioca de varge! – explicaram as cunhãs, cada qual querendo falar ao mesmo tempo. Fora aquele arrenegado, afilhado do Seu Major, que o havia forrado na pia!... O Seu Major estava aparando a barba, na sala, ali pelas seis horas, o sol por ali assim; ele chegou, todo encourado, pediu um foguinho ao moleque Anselmo, filho da Gina, que estava cuzinhando para o Senhor. O moleque largou-se na carreira pelo corredor e o Naiú ficou debruçado na banda da porta, meio da parte de dentro; aqui Seo Major se voltou, deu com ele e foi dizendo:

– Ó Naiú! você por aqui? Que anda fazendo? Como estão todos lá? – e virou-se para a mesa, botando a tesoura na gaveta.

Então o Naiú caminhou para ele, e, por detrás, cravou-lhe o punhal no vão do pescoço, da banda esquerda... sem bulha, nem matinada!... Chega o punhal era grande como nunca viram! De cabo de prata e ouro, uma língua deste tamanho, chega brilhava... Elas viram esse punhal, mais tarde, na mão do Seu Vigário, e ainda lhes arripiavam as carnes: a bainha, o Seu Juiz a tirou do cós do assassino, era uma peça rica...

– E o Naiú confessou quem mandou matar?

Confessou tudinho, tintim por tintim. O papaizinho dela, Seu Dr. Montezuma, foi quem o obrigou a diculará tudo, mais o Seu vigário... Quando o Seu Major levou a punhalada, inda pôde gritar à Gina:

– Me acuda, minha negra, que me mataram!

Mas já o Anselmo vinha co tição de fogo, inda viu o assarsino dejunto do Senhor, e gritou. A Gina acudiu da cozinha pedindo sicorro. Ao mesmo tempo, pelo grito do moleque, acudiram o Seu Vigário, o Capitão Nenê e um vaqueiro do Tobias. Seu Vigário foi preguntando:

– Quem lhe fez isto, Major?!

– O Naiú do Poço, arrespondeu o pobe. Seu vigário foi quem tirou o ferro da ferida. Ainda quis ouvi-lo de confissão, mas vendo que não podia, porque o home não falou mais, lhe deu a absolvição da hora da morte...

– E o Naiú?

– Ora, ora, foi pegado logo, antes de passar o rio. Ia na carreira para alcançar a casa da Aninha Balaio, onde o Silveira estava esperando ele cum dois cavalos de sela... Mas, por graça de Deus, (não sabiam donde se juntou de repente tanta gente) correu um povão atrás, que o cabra s'entregou. O Silveira pôs-se no bredo, cabra desgraçado e traiçoeiro! Daí o povo truxeram o Naiú para a presença do Seu Juiz de Dereito, onde eles o tinham deixado, quando vieram para o pombal...

A narração foi interrompida pela vinda do Tonho, com o chapéu cheio de ovos, todo afogueado do sol e de exercício. Lalinha lhe deu a triste nova, e, acrescentando ela que queria ir embora já, já, o noivo correu para reunir os demais. Breve, os moços a encilhar as cavalgaduras, os moleques a arrumar os trens, foi o torna-viagem. Nem almoçaram.

O Sabino do Bonfim não aparecia, porém. Tocam a berrar por ele. Finalmente surde, no cavalo em osso, metendo-lhe a peia e os calcanhares. Levou descompostura.

– O quê, homem? Fui pegar o meu bucéfalo já quase na ponta do serrote. O diabo é inteiro, e lá se ia atrás de umas fabianas!

Dona Madalena segredou para o Tonho que achava aquele Seu Bonfim muito abusado.

O Dr. Fernandes não apertou bem a cilha ao seu cavalo, e, no montar, a sela rolou:

– Diabo! Há tanto que sou juiz da roça e ainda não sei lidar com alimárias!

Todos a cavalo, o Capitão Chiquinho levantou a questão de voltarem por outro caminho, mas o Tonho insistia que o mais perto era por onde vieram. Daí, teima.

– Para piloto prefiro o Capitão, meus senhores – intervém o Juiz Municipal. E requeiro que se ponha a votos...

– Qual votos, doutro! Pelos Tubibas não se chega hoje! – reclamou o Tonho.

O juiz, virando-se para a Lalinha:

– E você que diz, menina?

– Eu voto com o doutor. O Tonho não entende de mato.

O Tonho perdeu.

– Faça linha, Capitão Chiquinho! – grita o Sabino, em consequência.

E deram de marcha, ao tropel dos cavalos sobre a piçarra do solo.

Depois de algumas curvas, desembocaram no caminho seguido. O sol lhes ficara à esquerda, bem como o riacho dos Bois, por cujos terrenos marginais era o trânsito.

– Então, por aqui, é ou não é melhor do que por onde viemos? Hem, Seu Tonho?

O Tonho não deu resposta, esquipando na regra, ao dançado das ancas do cavalo, cujas longas crinas da cauda tremiam em molho, caindo por entre as nádegas rechonchudas.

– Aquele é chimango – referia o Sabino, que ia ficando atrás com o Dr. Fernandes – mas não usa rabo toró.

Galgaram o alto dos Tubibas. A vila assinalava-se lá adiante pelos coqueiros do sítio dos Cunhas e as pontas brancas da torre da matriz.

Lalinha com cuidados no pai ansiava por chegar logo, lembrando-se de que as cunhãs tinham deixado o assassino lá em casa. Seriam bem capazes de fazer-lhe alguma! Quem matava uma pessoa pacata e estimada como o Major Quim, com um sangue frio daquele, assim em pleno dia, dentro de uma vila, tinha coragem para tudo. E fustigava o cavalo com o chicotinho. O cavalo tomava a dianteira, chegaria de rabo frocado.

Assim, a cavalgata seccionava-se em três: as moças, na frente, com a Dona Madalena; os rapazes com o Tonho, a pouca distância; e, bem retardados, o Dr. Fernandes e o Sabino, que ainda foram tomar um gole ao Domingos Tobias. A casa deste, algo afastada do caminho, tinha por pátio a esplanada do alto, olhando para o Nascente com os seus currais e cercados. Estava ele metido na sua toca, debruçado sobre metade da porta, espiando de lá os transeuntes.

O Sabino, apeando no cupiá:

– Veja uma caninha, Seu Domingos, que nós viemos secos.

O ancião, baixo, com uma cara de guariba, puxou a taramela e apareceu com os seus tamancos, ceroula e camisa de algodãozinho. Para o doutor, que se metia montado sob o cupiá:

– Oh, xentes! Vossa Senhoria por aqui? Pois a esta hora a Justiça deve estar comendo gente lá pela vila! Apeie, Seu doutor!

– Obrigado, Seu Domingos. Como vai Você mais a obrigação?

– Vamos bem, Deus louvado.

– Queremos é refrescar um pouco o sol...

– Apeie, mó de esfriar a sela. Não tenha pressa que os criminosos já devem estar todos na embira, que o João Pereira não é delegado de caçoada, e agora a Justiça é de lei, que os chimangos já voaram.

O Sabino apertava a cilha do seu cavalo:

– Sei de tudo isto, disse o Juiz sorrindo, sou chimango do tempo velho; mas nos despache, homem.

– Já, já, Seu doutor.

E de lá de dentro, medindo a bebida:

– Olhe lá! Foi tropa pro Poço, mó de pegar a mulher.

Tinham passado diversas na estrada, diz que mó de ver a entrada dela na vila. Tinham passado gente mesmo! Ele agora só queria era espiar, mas era pra cara do célebre Secundino, a seu ver era quem devia ir à forca, o responsável por tudo. Apois como era que esse home fazia o que ele fez?! Seu tio? Seu benfeitor? Seu amigo? Ele pedisse a Deus que o velho Domingos não estivesse no Conselho...

Era uma torneira aquele Seu Domingos! Disse mais que um vaqueiro do seu filho Vicente, estava em casa do Nenemo, ainda viu o Quinquim agonizando: que o Silveira não foi pegado por mó de a Aninha Balaio; que o Naiú diz que dixera que o que tem de empenhar vende-se logo, e por aí além.

Agora, falar verdade, ele não via motivo para tamanho alevante contra a Guidinha do Poço. Apostava como se ela tivesse mandado matar o Quinquim por trás de um pé de pau, na beira da estrada, aí pelos matos, à traição, no costume velho dos cangaceiros, o povo não se inflamava assim. O que olhos não veem coração não sente. No seu ser, aquilo era uma covardia que estavam fazendo! Todo o mundo queria condenar a mulher à forca! E Fulano, Sicrano, Beltrano, que mandaram fazer tais e tais mortes, por que nem tiveram uma Ave-Maria de penitência e andavam passeando pela rua? O que olhos não viam...

Aqui o juiz também deu a sua trincadela:

– Verdade, Seu Domingos, neste ponto não deixa de ter sua razão...

Mas aquilo era um ato todo natural. O crime às escuras, à sorrelfa, no escondido, não escandaliza. O Seu Domingos sabia o que era o escândalo? O juízo dos homens era limitado e iníquo. O Seu Domingos bem sabia na sua consciência que A e B, que representavam honroso papel na sociedade, não passavam de uns ladrões ladinos; e o povo, a sociedade, os poderes públicos, não tinham para eles senão respeitos e galardões. Entretanto o pobre diabo que furtasse um cavalo na feira, era logo agarrado pela indignação pública e entregue à ação das Justiças. O Seu Domingos tinha razão: o que olhos não viam...

O Sabino atalhou, então, que também entendia de jurisprudência criminal, pois tinha advogado no júri. O cidadão que estava em sua casa não era como o que andava de viagem, que andava com suas armas. O assassinato do cidadão inerme, como o bárbaro crime perpetrado na pessoa do Major Quim, era...

Porém o juiz, despedindo-se do dono da casa, deu de rédea a galope. O Sabino cortou a sua estirada, e, montando às pressas:

– Em tanto, Seu Domingos!

– Até outra vista! disse este, correndo a taramela e debruçando-se outra vez na banda da porta, como o haviam encontrado.

Não avistavam mais nem poeira dos outros. Encontravam, com efeito, da encruzilhada do pé do alto em diante, curiosos que acudiam para a vila. Era unânime a revolta contra Dona Guidinha do Poço.

O Dr. Fernandes ia procurando atenuantes, na conversa com um e com outro, para a acusada; mas o Sabino o que fazia era açular.

– Não julgues o bom por bom nem o mau por mau, citava o juiz. Todo acusado é julgado inocente, enquanto não se provar o contrário.

Lalinha, chegando a casa, caiu em soluços nos braços do pai, como se o morto fora gente sua. Moravam na rua do Sol, esquina com a praça da Matriz, e de lá avistavam-se as quatro portas da casa do Quim, onde havia muito povo aglomerado.

O pai buscando a razão de ser daquela comoção:

– Amores velhos, amores velhos! – segredava consigo, coçando a caspa da barba. Isto não é senão porque anda envolvido no crime aquele monstro do Secundino... Homem fatal!

Com pouca demora chega o Dr. Fernandes. O colega pô-lo a par dos acontecimentos, com uma satisfação profissional. Que fizera o assassino confessar tudo, alto e bom som, para todos verem e ouvirem. Na cadeia existia um preso, dos que iam entrar em julgamento, um Lulu Venâncio, que pelas confissões do Naiú seria uma testemunha de papouco... É verdade, ia mostrar-lhe uma peça engraçada, a oração que o cúmplice Silveira botara ao pescoço do assassino...

Tirou bolso do paletó o seguinte, que o outro leu tom moleque do seu bom-humor de gorducho:

"Senhor da minha vida, Pai do divino cordeiro, dai-me a vossa claridade, para seguir os vossos passos: as portas e as escadas do céu abertas, para ver o anjo da Trindade, o cálice d'água benta, e a hóstia consagrada. Quem esta oração trouxer no pescoço e rezar todas as sextas-feiras não sofrerá privações algumas; estará livre de todas as pestes, fome, guerra; bala não matará, faca furará, também nunca será preso, estará sempre livre da tentação do demônio.

Rezar três Padres-Nossos, Três Ave-Maria, Três Glória-Patre, oferecido a Nosso Senhor Jesus Cristo, as três horas que agonizou na cruz".

– Bravíssimo! Não será preso... Olhe que esperança! Ah, ladrão, querias era meter o outro na rascada...

– E sabes de quem é essa letrinha? disse o Direito, dobrando o papel sujo: Há de ir para os autos.

– De quem é então?

– Da Excelentíssima Senhora Dona Margarida Reginaldo de Sousa Barros!

– Que está dizendo, homem?!

– H-i, pitu açu!

Coitada! Estava no papo. As justiças de Cajazeiras iam alcançar um sucesso naquela causa crime.

Os jornais e os deputados da oposição que continuassem brotando, que a comarca estava às moscas, que o crime alçava o colo, que as autoridades não tinham prestígio, que a lei era letra morta... Eles iam provar o contrário.

O Promotor entrava com o Delegado. Acabavam de inquirir ao Lulu Venâncio, que depôs sem rodeios o que sabia.

Lalinha recolhera-se ao seu quarto, dizendo que para descansar; mas reunida com as irmãs, foi rezar o terço por alma do Major, dobrando funebremente que estava o sino da matriz.

Concorridíssimo o enterro do pobre Joaquim Damião de Barros, Major Secretário do Comando Superior da Guarda Nacional da Comarca de Cajazeiras, reformado ultimamente pelos caranguejos, tendo exercido vários cargos de eleição popular ou nomeação do Governo, como Vereador da Câmara, de que foi Juiz de Paz, Delegado de Polícia, Suplente do Juiz Municipal, Presidente Recrutador, etc. Fazia parte de todas as Irmandades do lugar, algumas das quais compareceram com suas opas, cruzes, lampiões e brandões.

Filosofava o Sabino do Bonfim:

– Depois do asno morto...

A diligência do Poço da Moita não voltou senão no dia seguinte, o sol bem alto, apenas trazendo a presa mandatária, que o cúmplice Secundino tinha desaparecido. Ficou lá todavia, cocando, uma escolta disfarçada.

Guida vinha na Marreca. A um lado e outro os soldados e paisanos da escolta, estes armados de garrucha e faca, uns montados, outros a pé. Apesar da indignação e assombro públicos, temiam as autoridades que no caminho lhe viessem tomar a presa.

Guida entrou sobranceira pela rua Grande, o cavalo numa estrada alta. A chapelina um tanto para trás, deixando a testa quase no sol. A saia de montaria, de bretanha, arfava ao vento, produzindo uma irritação estranha aquele pano branco na alma enlutada da população. Guida olhava a turba com admiração, que ao povo parecia petulância, e por vê-la açoitar o cavalo, diziam que ela acenava com o chicote para eles...

De repente, por uma terrível associação de ideias, uma voz exclama:

– Olha a Naiú! Olha a Naiú! Lá vai a Naiú!

Outro repete: Olha a Naiú! mais outro, e o nome do assassino reles batia como uma chuva nos ouvidos da ilustre herdeira dos Reginaldos.

O vigário e o Juiz de Direito assistiram-lhe ao apear, à porta da prisão, para evitar algum desacato à pobre senhora.

Guida, com ar desconfiado, sorria para eles, velhos comensais dos bons tempos:

– Deixe, doutor. Deixe, Seu vigário. Este bom povo hospitaleiro da minha terra!

O vigário, retirando-se com o magistrado, ia dizendo pelo caminho:

– Vê, meu amigo? Viu como surdiu aquele baixo qualificativo? Como essa canalha chamava Naiú aquela que para eles era mais do que, para nós outros, a mulher do Pedro II?

– É simples – redarguia o juiz. O crime nivela, como a virtude.

O nobre órgão da Justiça, na promoção, argumentou com a impassibilidade da ré ante o assassinato de seu marido, ao passo que derramou abundantes lágrimas e fez lamentações – descrevia ele, por causa da grande crueldade de prenderem ao Secundino.

Era verdade. A Guida supunha o Secundino longe, longe, afastando-se daquela terra ingrata, como as pombas avoantes, do modo por que das grades da prisão, ela as via lá se irem, a fazer apenas uma trêmula manchazinha escura no céu alto...